Albert Engelhardt – Zwanzigzweiundzwanzig – Roman

Albert Engelhardt

Zwanzigzweiundzwanzig

oder
Das Ende der Wolkenschieber

Roman

Für Petra

Bibliografische Information der Deutschen Nationalbibliothek:
Die Deutsche Nationalbibliothek verzeichnet diese Publikation in der Deutschen
Nationalbibliografie; detaillierte bibliografische Daten sind im Internet über
http://dnb.dnb.de abrufbar.

© 2023 Albert Engelhardt
Herstellung und Verlag
BoD – Books on Demand, Norderstedt
ISBN: 9783743141506

MIX
Papier aus verantwortungsvollen Quellen
Paper from responsible sources
FSC® C105338

Inhalt

7 Prolog

9 Andreas TGV Inoui 8610 Anfang März 2022 **20** Connie Lolland Mai 2022 **26** Dora Montegrotto Terme Juni 2015 **29** Benno Muratli 23. Juni 2022 **33** Andreas Fréhel August 2012 **37** Fanny Frankfurt am Main Mai 2012 **43** Nora Chicago 15. Mai 2017 **48** Alex Lollard Dezember 2017 **53** Gwenn Martinique April 2015 **58** Sonja Berlin Dezember 2010 **64** Franky Mallorca 31. März 2010 **73** Anna Ueckermünde 19. Mai 2010 **79** Connie Frankfurt am Main Februar 2009 **90** Dora Mallorca 3. April 2010 **95** Sonja Berlin Frühsommer 2009 **101** Andreas Fréhel September 2009 **106** Benno Krim 19. März 2014 **110** Philipp Bremen November 2020 **117** Anna Greifswald August 2016 **125** Maxi Chicago 1. Januar 2008 **132** Dora Mainz Oktober 2012 **137** Benno Muratli Dezember 2020 **140** Fanny Jersey September 2018 **146** Connie Bregenzerwald Anfang Mai 2013 **151** Nora Chicago Anfang August 2011 **160** Sonja Greifswald Juli 2021 **169** Gwenn Landrellec September 2019 **178** Connie Greifswald Dezember 2022 **192** Dora Marburg Juli 2022 **199** Andreas Landrellec 29. Dezember 2022

209 Epilog

Prolog

Wir müssen nicht drum herumreden. Die Wolkenschieber, die sich selbst nie so nannten, aber als solche durch die Zeit schreiten wollten, sind Vergangenheit. Die Sommer 1977, 1992 und 2007 und die vielen anderen Ferienwochen am Cap Fréhel sind vorbei. Sowieso. Und wir müssen fairerweise hinzufügen: Wenn die Pläne, die im Sommer 2007 im *Dicken Daumen*, diesem in Granit gehauenen Lebenstraum, auf dem Tisch lagen, Wirklichkeit geworden wären, wären die folgenden Seiten überflüssig.

Die Wirklichkeit hat dem Tun von Andreas, Connie, Dora und auch Benno, die wir seit 1977 begleitet haben, einen Strich durch die große Rechnung gemacht.

Und es gibt kleine Rechnungen, die sich summieren. Was ist aus Gwenn, Fanny, Anna und Nora, Philipp und Sonja geworden, was aus Robert und Franky, und was haben auf einmal Alex, Gundula, Sascha, Milla, Lena und einige andere –

nicht zu vergessen die Hündin Luca – in unserer Geschichte zu suchen?

Ende und Anfang. Glück wird gewagt, Glück wird begraben. Der Fluss des Lebens. Unscheinbare Quellen, Stromschnellen und Strudel, Trägheit, Nebenflüsse, stille Auen, mäandernde Mündungen, ferne Horizonte. Und ferne Leben, egal, ob Tausende Kilometer entfernt oder in nicht spürbarer Nähe.

Wovon bisher noch niemand weiß, soll hier und jetzt verraten werden: Am 31. Dezember 2007 wurde in Fréhel gut gegessen. In Frankfurt am Main ging jemand früh schlafen. In Mainz oder Leipzig gaben sich zwei Hungrige der Liebe hin. Und irgendwo in Rufnähe zum Mittelmeer floh ein Mensch vor sich selbst.

Doch am ersten Tag des Jahres 2008 sah die Welt schon wieder anders aus. Und seien wir ehrlich: Wir würden uns – nach all den bisherigen und künftigen Geschehnissen – wundern, wenn dies weitere fünfzehn Jahre später nicht genauso wäre.

Andreas

TGV Inoui 8610, Anfang März 2022

Die Nachricht hatte Andreas überwältigt, ihm den Atem genommen, Gewalt angetan. Bis zu diesem Tag war er davon überzeugt gewesen, hatte gehofft, sich auf seine Hoffnung verlassen. Ja, das wusste er heute, natürlich hatte in dieser Woche viel für das böse Ende gesprochen, Tag für Tag waren die Zweifel am offenbar Unausweichlichen schwächer geworden. Doch er hatte die Augen verschlossen.

Er hatte wie jeden Morgen schon früh seinen kleinen schwarzen Kaffee getrunken, das Brennholz auf dem Sims des Kamins gerichtet, den alten Anorak übergezogen, war in seine Stiefel gestiegen und hatte sich auf den Weg gemacht. Die Spaziergänge taten ihm gut.

Luca, die alte Hündin, lief voraus in die Dunkelheit und hatte den Uferweg bereits erreicht, als Andreas das Gartentor passierte. Die *Ouest-France* steckte im Briefkasten. Valérie drehte offenbar früher als üblich ihre Runde. Es nieselte.

Der heftige Nordwestwind, der am Abend zuvor und in der Nacht an den Fensterläden gerüttelt hatte, war schwächer geworden. Doch Andreas fröstelte. Er hätte seinen Schal umlegen sollen. Bei der Kälte schmerzten seine alten Knochen, auch sie hatten die Siebzig schon hinter sich gelassen.

Andreas rief seine Hündin zurück. Er musste heute einen Umweg gehen, wollte zum Briefkasten in der Ortsmitte. Von dort aus gelangten sie durch kleine Gassen zur spärlich beleuchteten Promenade, querten den großen, um diese Zeit noch völlig leeren Parkplatz und gingen erst an dessen Ende hinunter zum breiten Strand.

Die nächtliche Flut hatte geschwärztes brüchiges Holz, einen Schuh, einige Plastikflaschen und eine Menge dunkelgrüner Algen zurückgelassen. Luca suchte nach den Resten von Schalentieren.

Andreas schaute hinüber zum Leuchtturm von Ploumanac'h. Dessen fernes weißes Licht verschwand im sich haltenden Grau der Dämmerung. Die vorgelagerten kleinen, ja zum Teil winzigen Inseln schienen dagegen zum Greifen nah. Jaouen und Tanguy waren begrünt, die Île de Seigle und die Île aux Lapin nur schroffer Fels. Allesamt unbewohnt und ungenutzt, sah man von den hier heimischen Vögeln ab.

Andreas mochte diese Stunde, in der er und die Hündin dem Tag entgegengingen. Von der aufgehenden Sonne kündeten ein unwirkliches Rot und Gold, ein Farbenspiel, das sich in der Ferne zwischen Horizont und vereinzelte Schleierwolken zwängte. Die bizarren Felsformationen vor Trégastel, die diesen Abschnitt der Côte de Granit Rose berühmt gemacht hatten und die zu erreichen noch mindestens eine zusätzliche Stunde Weg erfordern würde, funkelten bestimmt jetzt schon im Sonnenlicht.

Andreas kehrte um, Luca folgte ihm nach wenigen Augenblicken. Andreas entschied sich für eine Abkürzung. Durch eine leicht aufwärts führende Rinne gelangte man zu den Überresten eines verlassenen Gehöfts. Dort folgte Andreas einem ehemaligen, kaum mehr zu erkennenden Fahrweg, der die Landzunge schnitt. Hier und da trug die Winterheide noch Blüten. Ihr Lila glänzte zu dieser Stunde ebenfalls bereits im Licht der ersten Sonnenstrahlen.

Der Weg wurde zum Trampelpfad und an dessen abruptem Ende wurden die schon immer nur provisorischen Treppenstufen, die wieder hinab zum Strand führten, für die Hündin zu einer kleinen Herausforderung. Auch ihre Gelenke schmerzten, das wusste Andreas und nahm seine Begleiterin an die Leine. Um sie zu bremsen. Vierzehn Jahre, bereits unglaubliche vierzehn Jahre begleitete Luca ihn jeden Morgen und jeden Nachmittag. Fast anderthalb Jahrzehnte, ein Zeitraum, der mit Blick auf zu Halbwüchsigen gewordene Kleinkinder als *Ewigkeit* galt.

Andreas löste die Leine. Luca warf sich in den Sand, um sich anschließend ausgiebig zu schütteln. Dicke gelbe Bojen, die den während der Sommermonate überwachten Strandabschnitt markierten, lagen träge im Sand. Die Hündin ging voran, das Frühstück lockte. Bald hatten sie es geschafft.

Nur noch wenige Schritte aufwärts entlang der für Boote gedachten asphaltierten Strandzufahrt, die der Hündin und ihrem Herrchen leichter fielen als steile Ab- und Aufgänge. Noch immer lag Stille über Landrellec, nur hier am Wasser unterbrochen vom Kommen und Gehen der flachen Wellen. Hinter wenigen Fenstern brannte schon Licht.

Es war kurz nach acht Uhr, als das eingespielte Paar seinen gut einstündigen Morgenspaziergang beendet hatte. Andreas zog Anorak und Stiefel aus, füllte den Fressnapf der Hündin und stellte diesen auf einen kleinen Hocker.

Zusammengeknüllte Zeitungsseiten, einige dünne und zwei dicke Scheite Feuerholz. Das

Kaminfeuer brannte, und Luca saß, sich die Schnauze leckend, bereits neben Andreas Stuhl, als dieser sein Frühstück richtete – zwei Scheiben Toast und Marmelade, eine große Schale Milchkaffee, ein Glas Wasser, zwei Tabletten.

Andreas blätterte durch die Zeitung, blieb an einem Interview zum Dauerthema *Algues Vertes* hängen, bevor er die Sportseiten genauer studierte. Stade Rennes hatte seinen guten vorderen Tabellenplatz behauptet. Nach dem Frühstück würde er ein wenig Holz hacken, in Trégastel einige Besorgungen machen, vielleicht Gwenn in Cannes anrufen, nach dem Mittagsschlaf mit Luca zur Vogelstation laufen und am Abend, falls er nicht zu müde sein würde, auf eine Runde *Belote* zu Yvan gehen.

Es war an diesem Tag gewesen, am 24. Februar, genau um 13:13 Uhr, als er die E-Mail erhalten hatte. *Sonja wurde heute früh erlöst. Sie hat bis zuletzt gekämpft. Trauerfeier noch unbestimmt. Kommst du? Sascha.*

Jetzt saß er im Zug nach Berlin. Genau genommen erst im *TGV* nach Paris, wo er am frühen Nachmittag genug Zeit haben würde, mit der Metro von der Gare Montparnasse zur Gare de l'Est, vom

Süden in den Norden der Stadt zu fahren. Am frühen Abend sollte er dann in Frankfurt sein, kurz vor Mitternacht in Berlin.

Draußen lag das Land im Nebel. Nach der Bretagne die Mayenne, jetzt die Sarthe, immerzu Bauernland. Die vereinzelten Höfe, die Kühe auf den Weiden, die Senken und Hügel waren in ein milchiges Grau getaucht. Andreas legte das schmale Bändchen von Annie Ernaux zur Seite und packte sein Sandwich aus, das er auf dem Bahnsteig in Plouaret-Trégor gekauft hatte. Beim Zugschaffner bestellte er einen Becher Kaffee.

Die E-Mail hatte ihn kalt erwischt. Und im falschen Moment. Nach den Einkäufen hatte er sich endlich aufgerafft, an seinem Erinnerungstext weiterzuarbeiten. Als ihm sein Rechner den Eingang der E-Mail verkündete – das an schnatternde Enten erinnernde Tonsignal wollte er schon seit Monaten ändern –, hatte Andreas noch versucht, die Nachricht zu ignorieren. Doch da er in den vergangenen Monaten nur wenig Post erhalten hatte, konnte er es sich nicht verkneifen, die Mail sofort zu öffnen. Der Absender *Immer-noch-Pankow@xmail.de* hatte ihm zunächst nichts gesagt. Um so mehr traf ihn die kurze Nachricht. Sonja war tot. Sonja war nicht mehr.

Meine Sonja, brüllte ein flüchtiger Gedanke auf und erstarb. Sonja, mit der er vor langer Zeit viel erlebt hatte und der er noch Vieles sagen, gestehen, erklären wollte. Was er jedoch in drei Jahrzehnten nicht geschafft hatte. Das stille Brüllen fand sein Echo in einem schmerzhaften Druck auf die Brust. Sein Herz schlug doppelt so schnell. Bilder, Gerüche, Töne. Ihre außergewöhnlich behaarten Unterarme, der immer etwas schiefe Gang, die nichts verratenden Augen. Der Nacktbadestrand in Usedom, die durchgesessenen Kinositze im *Kosmos*, die Imbissstube an der Schönhauser, die Wochen der Recherche, der Interviews und des Streits im Wendejahr. Er dachte – warum? – plötzlich an die Fischsoljanka im *Ganimed*, hatte das Muster des Tischtuchs vor Augen. Auch die bitterkalten Februartage draußen vor der Stadt waren eingebrannt in den dunklen Bodensatz seiner Erinnerungen. Das Wiedersehen in Hamburg nach wenigen Jahren, die ihm wie eine Ewigkeit vorgekommen waren. Veränderte Gefühlslagen hatten neue Umgangsformen erfordert. Ihre Treffen waren dann in den Nullerjahren immer spärlicher geworden.

Sonja war tot, Sonja war Vergangenheit. Eine Vergangenheit, zu der die Verbindung nun binnen einer Sekunde gekappt worden war. Ohne sein Zutun. Ein Tumor hatte entschieden.

Andreas hatte nach Sonjas Telefonnummer gesucht. Er fand sie in einem alten Adressbuch, in dem eine fünfstellige Rufnummer neben der Adresse in der Gipsstraße angeführt war. Schwer zu entziffern, wie die Ziffernfolge in der Zeile darunter. Sonjas ehemaliger Institutsanschluss zu DDR-Zeiten. *Mein Gott.* Erst jetzt fiel Andreas ein, dass seine langjährige Gefährtin in schwierigen Zeiten und seine Geliebte in wenigen Nächten bereits seit über zwanzig Jahren nicht mehr in ihrem gemeinsam erlebten Berlin wohnte. Sie war nach Hamburg umgezogen, um ihre DDR-Identität vor Ort, im Westen, der Prüfung der Wessis auszusetzen. Sie kehrte sechs Jahren später als westerfahrene Ossi-Frau nach Berlin zurück. Schließlich hatte es sie nach Greifswald, in die vorpommersche Provinz verschlagen.

Natürlich hatte er es gewusst, doch Sonja war für Andreas immer mit dem alten Berlin, mit der Schönhauser, mit Friedrichshain und dem Scheunenviertel verbunden. Und nun wurde Sonja für ihn Vergangenheit. Plötzlich merkwürdig unwirklich. Er war in den wenigen Minuten zwischen dem Lesen der Mail und dem wirren Suchen nach einer konkreten Spur, die ihn zu Sonja führen konnte, davon ausgegangen, dass Sonja im Berliner Osten gestorben war, jetzt dort in einer

Kühlkammer lag und auf einem nahen Friedhof beerdigt werden würde.

Doch Andreas hatte sich besonnen. Seine Gedanken drehten sich im Kreis. *Verdammte Scheiße!* Sascha, den er nur flüchtig kannte, hatte er dann um 15:12 Uhr geantwortet: *Komme so bald wie möglich. Andreas.*

Die beiden Männer hatten sich in einem Biergarten am Müggelsee kennengelernt. Andreas war 2012 für eine knappe Woche in Lauchhammer und Cottbus gewesen. Sein Projekt *Familiengeschichte* hatte ihn in die Lausitz geführt. Er hatte, eher aus einer Laune heraus, Sonja angerufen. Sie hatten sich – das war immer so gewesen und hatte die Beziehung in mancherlei Hinsicht handhabbarer gemacht – kurz entschlossen verabredet. An jenem Samstagmittag hatte Andreas den groß gewachsenen und überraschend jungen Mann zum ersten Mal getroffen und zum letzten Mal. Sonja hatte Sascha als ihren *Mutmacher* vorgestellt.

Sie hatten zu Mittag gegessen, Bier getrunken, über den alten und den neuen Bundespräsidenten gewitzelt. Sonja und Andreas gaben einige nichtssagende Anekdoten aus ihren gemeinsamen Tagen zum Besten und klagten über die heutigen Zimmerpreise auf Usedom. Sonja hatte nach Benno gefragt, Andreas hatte abgewunken. Der Mutmacher schwieg zumeist.

Sonja und Sascha hatten Andreas dann am Nachmittag zum Ostbahnhof gebracht. Erst dort hatte Andreas erwähnt, den *Dicken Daumen*, das Haus am Cap Fréhel, nun doch zu verkaufen. Sonja hatte der Nachricht Zeit gegeben, sich zu verflüchtigen, bevor sie erwidert hatte, sie werde vielleicht auch bald umziehen. Nach Stralsund oder Greifswald. Sascha, der Arzt und *übrigens* seit vier Wochen ihr angetrauter Ehemann sei, wolle mit seinen fünfzig Jahren noch einmal etwas Neues wagen. Im Beruf und in seiner Freizeit. Ein uralter Freund und ein fast so alter, aber aufgemöbelter Fischkutter warteten am Bodden.

Andreas hatte den Zug nach Frankfurt am Main bestiegen und, sich mit Mühe umdrehend, noch die zunehmenden Schmerzen in der unteren Rückenpartie und den Hüftgelenken erwähnt. Sonja hatte gelacht.

Erst in einer der E-Mails, die Sonja und Andreas sich nach diesem Treffen in Berlin für kurze Zeit schrieben, hatte Andreas erwähnt, dass er mit Gwenn für drei Jahre nach Martinique gehen werde. *War nicht begeistert, bin jetzt sehr gespannt!* Sonja ließ ihn im Gegenzug wissen, dass einige *weitere* Untersuchungen ins Haus stünden. *Brust.* Andreas erinnerte sich nicht, von *ersten* Untersuchungen gehört zu haben. Er hatte sofort geantwortet. *Toi toi toi. Wird schon werden.*

Am 24. Februar 2022 nun die Todesnachricht. An dem Tag, an dem russisches Militär in die Ukraine einmarschiert war. Andreas hatte es nicht für möglich gehalten.

Connie

Lolland, Mai 2022

Der Gang zum Briefkasten am Kirchplatz hatte Connie gutgetan. Sie hatte nochmal frische Luft schnappen, ihre Gedanken ordnen können. Die Mühe zahlte sich aus. Selbst ein mickriger Kilometer konnte Wunder bewirken.

Auf dem Rückweg besorgte sie im Dorfladen etwas Käse, Milch, einen Salatkopf und zwei Kalbsschnitzel. Alex, die mit dem Lastenrad unterwegs war, würde aus dem Getränkeshop Wein, Bier und Mineralwasser mitbringen. Svenja, die junge Kassiererin, fragte Connie nach dem Wohlergehen ihrer zwei Katzenjungen und beschwerte sich über die schon jetzt den kleinen Ort bevölkernden Touristen. Vor allem auf die Kopenhagener war man hier auf Lolland nicht gut zu sprechen.

Connie packte noch Schokolade und Chips ein. Sie musste schmunzeln. In Fréhel hatte sie Jahr für Jahr dasselbe abfällige Gezeter zu hören bekommen, dort gemünzt auf *die da aus Paris*.

Connie hatte lange gebraucht, bis sie die Geburtstagsgrüße an Andreas zu Papier gebracht hatte. Drei Anläufe hatte sie benötigt, doch dann waren es fünf dicht beschriebene Seiten geworden. Zum Schluss war sie froh, dass ihr Ex und sie in der Regel immer noch per Brief, auf Briefpapier im Briefumschlag, frankiert mit einer schönen Briefmarke miteinander kommunizierten. Anrufe waren selten. SMS oder E-Mail nutzten beide nur in Ausnahmefällen, die immer Notfälle gewesen waren.

Er werde seinen Geburtstag wohl allein feiern müssen, hatte Andreas an Ostern verkündet. Connie hatte kein Wort dazu gesagt. Ihr Ex-Ehemann hatte nach einer kurzen Pause der Erwartung die Begründung nachgeschoben. Gwenn werde – *wie zu erwarten* – noch einen weiteren Monat an der Côte d'Azur zu tun haben. In der Ferienanlage in La Bocca seien die Probleme offenbar tatsächlich so ernst wie befürchtet. Ein Mitglied des örtlichen Managements saß wie der Chef der Reinigungsfirma seit wenigen Tagen in Untersuchungshaft. Andreas wusste nicht viel darüber, Connie gar nichts.

Connie hatte geschwiegen und nach jeder Teilneuigkeit genickt, bis sie sich besonnen hatte, dass Andreas ihr nicht wie früher gegenübersaß, sondern wahrscheinlich irgendwo an der bretonischen Küste auf und ab ging und auf das

Telefon in seiner Hand einredete, bald zweitausend Kilometer entfernt. Ihr Kopfschütteln würde er jetzt auch nicht sehen.

Das Telefonat war einseitig geblieben. Andreas hatte seine schmerzenden Gelenke und die der Hündin aufgezählt, über eine unangemeldete Baustelle in seiner Straße geschimpft und Connie ermahnt, bei nächster Gelegenheit Dora nach einem Lebenszeichen von Benno zu fragen. *Unbedingt.* Mit der Standardfrage nach den Wetteraussichten hatte Andreas dann das Telefongespräch beendet.

Vor dem kleinen Haus am Rand der Dünen, das Connie sich seit einigen Jahren mit Alex teilte, parkte das Lastenrad. Die Haustür stand offen. Connie legte ihren Rucksack ab. Sie grüßte ihre Mitbewohnerin, die in der Küche den Wasserkasten mit dem Fuß unter die Arbeitsplatte schob. Das Sixpack und die drei Flaschen Wein hatte Alex schon im Kühlschrank verstaut.

Alex und Connie kannten sich schon lange. Seit den Achtzigerjahren eher flüchtig, seit den Nullerjahren besser. Beide hatten damals in Frankfurt gelebt, sogar im gleichen Stadtteil. Beide waren Lehrerinnen, denen wie vielen anderen in dieser Zeit der direkte Weg in den Schuldienst verbaut gewesen war. Beiden war in den ersten Berufsjahren nur die Ochsentour prekärer Beschäftigungsverhältnisse geblieben, bei der Volkshochschule, bei freien Trägern und in privaten Sprachschulen. Connie hatte der zehn Jahre jüngeren Alex auf diesem Weg beigestanden. Die erste große Welle der sogenannten Russlanddeutschen aus Kasachstan, der Umsiedler aus Osteuropa und der Flüchtlinge aus arabischen Kriegsgebieten hatte in den Neunzigerjahren das Übrige dazugetan. Die Zahl der *Deutsch-für-Ausländer*-Kursangebote schnellte in die Höhe.

Nach ihrer Bockenheimer Zeit – Connie lebte mit Andreas zusammen und hatte zwei Mädchen geboren, Alex zog einen Jungen groß – hatten sich die beiden Frauen aus den Augen verloren. Alex war im Jahr des Merkelschen *Wir schaffen das!* nach Hamburg gezogen. Connie und ihr Mann hatten sich – immerhin nach mehr als dreißig zusammen erlebten Jahren – bereits 2007 getrennt.

In ihrer Hamburger Zeit hatte Alex, wie sie später Connie erzählte, vermittelt über Bekannte zum ersten Mal einige Ferientage in dem Haus auf Lolland verbracht. Sie liebte das Meer, die langen Strandspaziergänge, den steten Wind, die Wolkenbilder und die verlässlich aufgehende und am Horizont ins Meer fallende Sonne. Nichts beruhigte und erfreute sie mehr als das Kommen und Gehen des Wassers. Connie, die viele Sommer in der Bretagne verbracht hatte, teilte all dies.

So hatten die beiden Frauen am Rande einer Geburtstagsfeier in Altona beschlossen, die nächsten Ferien zusammen auf Lolland zu verbringen. Und da die Hauseigentümer sich überraschend und *zum Glück* entschieden hatten, ihr Leben in Neuseeland fortzusetzen, hatte sich im Sommer 2017 die Möglichkeit ergeben, das Haus ab dem folgenden Jahr dauerhaft ganzjährig zu mieten.

Seitdem lebten die Ex-Frankfurterinnen zusammen im Lyngvej. Gemeinsam mit einer dritten Frau, ebenfalls eine Deutsche, betrieben sie in einem Nebengebäude der ehemaligen Meierei ein kleines Lokal. Eigentlich einen kleinen Laden, in dem auch Kaffee, Tee und Alkoholisches getrunken wurde und Gäste sich nachmittags aus einem kleinen Sortiment Kuchen und Kleingebäck bedienen konnten. Neuerdings boten die drei Frauen auch Burger an.

Amtlicher Hauptzweck des in der Nähe des Meerwasserbads liegenden Lokals war jedoch der Verkauf von Kunsthandwerk, Aquarellen, illustrierten Büchern, in Kleinstauflage gedruckten Postkarten und Bernsteinschmuck. Touristen stellten die große Mehrheit der Kunden. Dänen, viele

Deutsche, Niederländer, einige Schweizer und Schweden. Folgerichtig lief das Geschäft im *De tre kvinder* gut, vor allem an Ostern, während des Sommers und über die Feiertage zum Jahreswechsel. Das reichte, um einen kleinen Überschuss zu erwirtschaften. Ein Zubrot, das für Zeit und Mühe ein wenig entschädigte. Mehr benötigten die drei Frauen nicht. Das Ladenlokal war ihre neue Leidenschaft.

Connie hatte mit dem Umzug auf die dänische Insel zum zweiten Mal die Fenster um sich herum weit aufgerissen. Um frische Luft hereinzulassen, in ihr Leben und dessen Fortgang. Und um hinauszuschauen, in die Ferne, bis zum Horizont, zu einem neuen Horizont.

Robert hatte es nur wenige Jahre ohne die Anspannung des Geschäfts und ohne die Aussicht auf Erfolg ausgehalten. Er nahm beruflichen Erfolg sehr persönlich. Erfolg, der ihn glücklich machte. So war die Fernbeziehung zwischen Frankfurt und Köln zu einer Fernbeziehung zwischen Lolland und Südafrika geworden. Abertausende Kilometer mehr. Connie und Robert waren sich einig gewesen. Sie hatten nicht darüber sprechen müssen, dass ihre Beziehung zwangsläufig eine andere sein würde.

Die Quellen ihres künftigen Glücks ebenfalls.

Dora

Montegrotto Terme, Juni 2015

Sie musste jetzt ihren Brandy haben, unbedingt, sofort. Dem pikierten Getuschel der beiden Dürren in den Liegestühlen nebenan und den verstohlenen Blicken ihrer Männer zum Trotz. *Ha, ich weiß sehr wohl, dass ihr euch gern, sehr gern zwischen meinen großen Titten verlieren würdet.* Ja, jetzt schauten die Herren nur noch unter sich, lenkten sich gegenseitig ab, indem sie nach einer Wespe schlugen oder über den Nachmittagsausflug sprachen. So machen es alle geilen alten Böcke, die Schiss haben, einen klitzekleinen Schritt zu weit zu gehen. *Und wehe, ich käme euch einen großen Schritt entgegen.*

Gio, der hübsche Kellner, der heute Vormittag rund um die Becken Dienst tat, nahm die Bestellung entgegen. *Si, con piacere, Signora.* Das Reservoir an gutaussehenden und höflichen jungen Männern musste in dieser Gegend unerschöpflich sein, dachte Dora. In jedem Frühjahr und Herbst kam sie nach Montegrotto, der Thermalbäder wegen, und jedes

Mal konnte sie sich am Anblick und Charme eines neuen Exemplars dieser besonderen Spezies laben.

Natürlich wusste Dora, dass ihr zwei Brandys vor dem Mittagsessen eigentlich nicht guttaten, *eigentlich.* Doch ohne diese beiden Gläser würden die Splitter der Erinnerung, die sie nach dem zweiten Brandy einholten, weiter in den unbekannten Tiefen der verschütteten Vergangenheit ruhen. Und die Splitter, so rasend sie auch auftauchten, durch ihren Kopf, ihr Herz, ihren Bauch schwirrten und wieder verschwanden, die Splitter hielten sie am Leben.

Dora hatte nie verstanden, wie Connie oder Fanny oder ihre ehemals beste Kollegin Vanessa oder jeder ihrer Vor-zwanzig-Jahren-Liebhaber so unerschütterlich fest davon überzeugt sein konnten, das Heute und das Morgen seien wichtiger als das Gestern und vor allem das Vorgestern.

Das zweit Glas gab ihr Antworten auf Fragen, die ihr niemand stellen konnte.

Sie hatten sich freigekauft. Das war die Antwort auf fast alle Fragen. Die Firma und Dora. Zu einem für Dora guten, sehr guten Preis. So dachte Dora und wusste, dass die neuen Fesseln zwar aus Gold, aber doch Fesseln waren. Fesseln, von denen niemand wusste. Fesseln, die Dora mit dem

Aufwachen spürte und mit dem Einschlafen nicht ablegen konnte. Sie hatte hoch gepokert, war ins Risiko gegangen, hatte alles aufs Spiel gesetzt.

Als der eigentliche Skandal allmählich von den Titelseiten verschwunden war, hatte Dora bereits alle Türen hinter sich geschlossen. Sie war aus ihrem bisherigen Leben, dieser waghalsigen Berg- und-Tal-Fahrt, die sie fast immer genossen hatte, ausgetreten. Sie war wieder in ruhigeres Fahrwasser gelangt. Doch wohin mit der verbleibenden Energie?

Nun lag sie hier, statt ihren Sechzigsten zu feiern. Mit wem auch. Sie lag in einem Liegestuhl, im Dunst heißer Quellen, im lichten Schatten alter Bäume. Beobachtet von Spießerinnen, begutachtet von Spießern. Bedient von Gio, schon beinahe betrunken. Und hungrig.

Benno

MURATLI, 23. JUNI 2022

Die Berge lagen heute in einem besonders grellen Licht. Je stärker die Sonne vom wolkenlosen Himmel brannte, desto kälter, abweisender, ja bedrohlicher wirkte das Massiv. Ein Phänomen, das Neuankömmlinge verwirrte und das diejenigen, die hier aufgewachsen waren oder dauerhaft lebten, nicht erklären konnten.

Benno lebte mittlerweile bereits sieben Jahre in Muratli. Das enge Flusstal an der Grenze zu Georgien würde wohl seine letzte Station sein. Nichts anderes war wahrscheinlicher. Wollte man Bennos Lebenslauf – beginnend nach den Marburger Studienjahren und bis in die jüngste Vergangenheit reichend – auf einer Landkarte festhalten, würde eine zittrige Hand Oval um Oval rund um das Mittelmeer zeichnen. Mal mit mehr, mal mit weniger Abstand zu den Küstenlinien. Marokko, Ägypten, die jugoslawische Adriaküste, Libanon, wieder Frankreich und Spanien, Kreta und Zypern, erneut die Türkei. Immer gehetzt, rasend, suchend, fliehend. Dann Ruhe von der Erschöpfung, auf eine besondere Art tot und lebendig. Der Abstand zum Gewesenen war immer größer geworden, die Nähe zum Kommenden immer stärker.

Hatte er jetzt tatsächlich seinen letzten, endgültigen Ort der Ruhe gefunden? Einen Steinwurf vom Schwarzen Meer entfernt.

Glatze, Vollbart, braun gebrannt. Er brachte über 100 Kilo auf die Waage, die ihn – trotz seiner siebzig Jahre – eher als ehemaligen Kraftsportler erscheinen ließen denn als übergewichtigen, drohende Herzattacken fürchtenden alten Mann. Benno trug Silberschmuck an den Fingern, am Handgelenk und um den Hals gepaart mit Lederbändchen. Sein in der unteren Hälfte von Schlamm und oben von Felsstaub verdreckter Jeep stand seitlich der Holzhütte, die er seit gut vier Jahren bewohnte. Traf man ihn hier an, begegnete der Besucher einem Mann in auf Kniehöhe abgeschnittenen Armeehosen, an den Füßen entweder Gummischlappen oder feste, ehemals sandfarbene Boots. Nackter Oberkörper, vielleicht ein fleckiges Unterhemd.

Benno hatte sich nicht einfach verändert. Dem Alter, den Umständen, dem Klima entsprechend.

Nein, Benno war ein Anderer geworden. Er schaute nicht zurück. Die Vergangenheit war für ihn zur Fotosammlung eines Fremden geworden. Sie bestand aus Bildern, wie man sie in einem Bildband oder Geschichtsbuch findet und vielleicht betrachtet, mal interessiert, mal gelangweilt. Sie hatten nichts mit ihm zu tun. Deshalb verschwendete er auch keine Sekunde an den Gedanken, dass – sähen sie ihn jetzt – Dora und Connie zuerst seine Rehaugen vermissen würden, in die sich die beiden Freundinnen verliebt hatten. Vor über vierzig Jahren.

Die sich nähernde Staubwolke kündigte Artjom an. Bald würde aus dem ansteigenden Tal auch der keuchende Motor des Lada Taiga zu hören sein. Sie würden wie jeden Mittwoch einen Tee trinken, das von dem Russen aus Batumi mitgebrachte Süßgebäck zerzupfen und genüsslich verzehren, sich über die willkürliche Preisgestaltung der türkischen und georgischen Grenzpolizisten unterhalten, und Benno würde Artjom natürlich nach Polinas Befinden fragen.

Benno genoss auch heute die zwei Nachmittagsstunden mit seinem russischen Partner. Sie waren sich ähnlich. Nicht was ihr Äußeres betraf. Artjom hatte volles schwarzes Haar, war klein, drahtig wie ein Zirkusakrobat. Sie konnten sich immer wieder aufs Neue begeistert über Aitmatow, Neruda und Hikmet unterhalten, deklamierten Zeilen und Verse. Sie stritten über die beste Zubereitung und Garmethode von Lammbratenstücken und jetzt, zum Ende der Saison, über den Niedergang des russischen Fußballs. Bei letzterem Thema, das ihn eigentlich nicht interessierte, spielte Benno mit Begeisterung lediglich den Advocatus Diaboli.

Die Zeit verging im Flug. Die abschließende Verständigung über die nächsten Maßnahmen kostete dagegen nur wenige Minuten und wurde wie immer mit einem Glas Wermut begossen.

Es hatte merklich abgekühlt. Benno nahm sein verblichenes *Dynamo*-Trikot von der Wäscheleine und zog es über. Während Artjoms Lada die Rückfahrt hinunter zum Meer zu genießen schien und mehr schnurrte als ächzte, setzte sich Benno an seinen Schreibtisch. Drei flimmernde Bildschirme zeigten tagesaktuelle Videos, Fotos und endlose Reihen von *Twitter*-Tweets und *Telegram*-Nachrichten. Die Stimmung war nicht gut. Die *Spezialoperation* ging bereits in die achtzehnte Woche.

Andreas

Fréhel, August 2012

Der Abend neigte sich dem Ende zu. Einige Gäste hatten sich bereits verabschiedet, manche hatten noch einen einstündigen Heimweg vor sich, in die Badeorte vor Saint Malo oder in der Gegenrichtung nach Pléneuf-Val-André. Die Übriggebliebenen würden nur wenige Schritte gehen müssen, ihr Domizil stand in einer der benachbarten Straßen in Sables d'Or. Für Andreas und Gwenn bedeutete der Heimweg, noch sieben Kilometer fahren zu müssen, zum *Dicken Daumen*, nahe am Leuchtturm auf dem Cap Fréhel.

Roger und Valérie Boyard, die Gastgeber, hatten sich Mühe gegeben. Natürlich konnten auch sie an einem solchen Abend nicht die wie in Stein gehauenen Hierarchien und festgezurrten Verbindungen ignorieren, die das soziale Miteinander in diesem alten Badeort immer noch prägten. Doch Jahr für Jahr blieb irgendjemand aus der glorreichen Vergangenheit auf der Strecke, und jedes Mal kam ein neues Mitglied zur *Community* hinzu. Die Gästeschar solcher Empfänge und Abendessen hatte über die Jahre ein anderes Gesicht angenommen.

Auch an diesem Abend waren neue Zugezogene unter den Gästen. Zugezogen, das meinte in Sables d'Or, eine mehr oder weniger altehrwürdige Ferienvilla erworben zu haben. Niemand oder sagen wir kaum jemand war mit seinem ersten oder Stammwohnsitz unter der hiesigen Adresse gemeldet. Neun von zehn Bewohnern und deren Häuser wurden in der Statistik als *Secondaires* geführt.

Das Ehepaar Junot, zwei neue Gesichter, die Maître Roger Boyard in den Kreis der Sables-d'Or-Notablen einzuführen gedachte, hatten noch gar nicht gekauft. Die Erben des von ihnen ins Auge gefassten Anwesens unterhalb des Golfplatzes hatten sich vor den letzten Unterschriften zerstritten. Nicht wegen der hiesigen Villa mit englischer Fachwerkfassade, sondern wegen einer zweiten, noch prächtigeren in Dinard, die die dortige Kommunalverwaltung seit vielen Jahren als zeitweiligen Ausstellungsort nutzen konnte und gern weiternutzen wollte.

Grégoire und Camille Junot stammten aus Le Mans. Er lehrte an der dortigen Universität, sie betrieb eine große Praxis für Physiotherapie. Das

Paar war Andreas und Gwenn sofort sympathisch. Sie kamen ins Gespräch, pflegten angeregten Smalltalk, amüsierten sich. Sie entdeckten bald gemeinsame Interessen und Neigungen. Die Geschichte der Bretagne (Grégoire und Andreas), Wochenmärkte (Camille und Gwenn), zeitgenössische Literatur und Fernreisen (alle). Die Unterhaltung wurde ruhiger, leiser, ernsthafter. Es musste nicht alles auf einmal erzählt werden, auch nicht von jedem. Man war sich einig und wünschte eine Fortsetzung.

Schon am auf diesen Abend folgenden Wochenende traf sich das Quartett erneut. Andreas hatte in den *Dicken Daumen* eingeladen, seinen Lamm-Aprikosen-Topf aufgetischt und mit seinem ansehnlichen Whisky-Sortiment gewuchert. Gwenns Kurzberichte von den Antillen und ihr Hinweis auf Umzugspläne sorgten ebenso für Erstaunen und Bewunderung, wie Camilles anzügliche Witze für Schmunzeln und ihre Lesetipps für Nachfragen sorgten. Außenstehende hätten eine Wette darauf abgeschlossen, dass die beiden Paare seit langer Zeit befreundet waren. Keine Bemerkung, kein Blick, keine Berührung schien unangebracht oder gar gekünstelt. Alles schien gewohnt, über viele Jahre geübt.

So war es denn auch keine Überraschung, dass Grégoire und Andreas – das *Du* hatte schon früh am Abend das *Sie* abgelöst – auf den Immobilienmarkt, die neuen Auflagen der Präfektur und die Energiekosten zu sprechen kamen. Und kurz vor Mitternacht waren die beiden Männer schon so weit, dass Andreas seinen Gast durch das Haus führte, einschließlich Obergeschoss und altem Waschhaus. Und nach einem weiteren *Ardbeg Corryvreckan* waren die beiden sich einig, das Notariat Trotel in Port à la Duc zu konsultieren.

Zum Jahreswechsel 2012/2013 sollte für Andreas der *Dicke Daumen* – der bislang nachdrücklichste, steinerne Ausdruck seines Sehnsuchtsorts Frankreich – nach über zehn Jahren nur noch Geschichte sein.

Fanny

Frankfurt am Main, Mai 2012

Noch ein gutes Vierteljahr würde sie als energiegeladene, beliebte und sehr gut aussehende Endvierzigerin Komplimente entgegennehmen können, anerkennende Blicke von Männern und Frauen genießen, unverhohlene Angebote durchschauen und sich über neidlose Aufmerksamkeit freuen.

Fanny schaute rundum in die großen Spiegel ihres Ankleidezimmers. Sie legte den dünnen Mantel ab, kickte ihre Pumps in die Ecke, straffte ihren Körper und fuhr sich durch das schulterlange Haar. Fünfzig Mal hob sie für zwei, drei Sekunden ihre Fersen, streckte dabei auch mal die Arme leicht zur Seite oder weit nach oben. Das tat sie morgens vor der Dusche und abends unmittelbar nach der Heimkehr in ihr Appartement. Das Fühlen ihres Körpers von den Füßen bis zum Gesicht tat ihr gut. Sie ließ ihre Finger Klavier spielen, schnitt Grimassen. Nur Fannys Nacken sperrte sich immer häufiger gegen ihre Wohlfühlübungen.

Ihre Businessuniform – heute hatte Fanny seit langer Zeit statt des Hosenanzugs wieder einmal ein kniefreies Kleid getragen – hing jetzt auf Bügeln oder verschwand im Weidenkorb. Fanny trug nur noch ihre Unterwäsche, schlüpfte in einen *Seahawks*-Sweater und in eine dünne Wanderhose, die schon viele Gipfelkreuze gesehen hatte. Sie presste Orangen aus, richtete zwei Toasts mit Thunfisch und gekochten Eiern und setzte sich an die Bar in ihrer Wohnküche.

Vor den großen bodentiefen Fenstern war nur spärliches Grün auszumachen. Das Europaviertel war auch nach mehreren Jahren immer noch von Beton, eintönigen Glas-Metall-Kombinationen und schnurgeraden Asphaltbändern geprägt. Weder am Boden noch in der Höhe bekamen das Braun der Erde und das Grün von Sträuchern oder Bäumen eine Chance, der Trostlosigkeit Paroli zu bieten. In manchen Straßen des Quartiers wurde neuerdings noch die mickrigste Rasenfläche durch pflegeleichten Schotter ersetzt.

Fanny war unentschlossen. Sollte sie zu ihrem Fünfzigsten eine große Party ausrichten oder im kleinen Kreis Spaß haben? Wer außer den infrage kommenden Gästen selbst erwartete, dass sie alle Boardmitglieder, den halben Segelclub, die nettesten Lions-Frauen und ehemalige Kanzleikollegen einlud? Dazu wichtige Kontaktpersonen in der Architekten- und Ingenieurkammer, aus der Bauverwaltung, bei ihrer Hausbank. Und natürlich die rund zwanzig Männer und Frauen, zum Teil plus Anhang, die sie ihrem ganz privaten Bekanntenkreis in der Stadt zurechnete.

Oder eben doch ein Abend oder vielleicht sogar ein Wochenende mit ihren *Top Ten*? Hier stellte sich Fanny die Frage, wen sie dazurechnen würde, dazuzählen konnte oder musste. Sie würde mit einer Dreißiger-Liste beginnen, danach streichen, ergänzen, kombinieren. Die Kriterien der Auswahl und Zusammensetzung mussten schließlich gut überlegt sein. Freundschaften wandelten sich wie die Menschen selbst, wurden von der einen, wie von der anderen Seite neu bewertet, verloren an Gewicht, wurden zu nur noch alten Bekanntschaften. Das galt nicht zuletzt für diejenigen freundschaftlichen Bande, die vor vielen Jahren begonnen hatten und sich bis heute – mehr schlecht als recht – eigentlich nur noch im Adressbuch hielten.

Die Liste. Am besten war, sie fing gleich an. Ein Spiel, ein Spaß. Aber nicht unnütz. Fanny holte aus einer Schublade eine der wunderschön eingebundenen japanischen Kladden. Sie lümmelte sich in eine Ecke ihrer riesigen Couchlandschaft. Kühles minimalistisches Design.

Fanny überlegte und ihr fiel auf, dass es niemanden gab, der zweifelsfrei als Nummer eins gelten konnte. Keine Frau, kein Mann. Auch nicht Carola, ihre liebste Kollegin und Fast-Nachbarin, mit der sie häufig ins Kino und Theater ging oder auf ihrem Boot zusammen war. Sie hatte mit der deutlich jüngeren Projektmanagerin sogar zwei Kurzurlaube in Krakau und Toulouse verbracht.

Von ihren männlichen engen Bekannten kam keiner infrage. Die besten Lover waren niemals Freunde.

Gut, dann eben keine Nummer eins an der Spitze der Top Ten. Fanny dachte an einen Hut, einen Zylinder voller Lose. Doch zunächst musste der Hut gefüllt werden.

Also Carola, klar. Dann Connie und die gemeinsame Freundin Dora, mit der und deren damaligen Freund sie vor fünf Jahren eine verrückte Nacht am Cap Fréhel verbracht hatte. Ein aufgeweckter Ossi, hieß er nicht Franky? Connie lebte immer noch in Frankfurt. Trotzdem sahen sich die beiden Frauen sehr selten. Fanny selbst hatte von jeher viel zu tun, war oft geschäftlich unterwegs, während Connie die Trennung von ihrem Mann und die Fernbeziehung mit ihrem Neuen – Düsseldorf oder Köln – auszukosten schien. Von Dora hatte sie seit drei oder vier Jahren nichts mehr gehört. Die

Orthopädin war, wenn Fanny sich richtig erinnerte, in Mainz zuhause gewesen.

Gut – Carola, Connie und vielleicht Dora. Würden die beiden einen Partner oder eine Gefährtin mitbringen, in Begleitung kommen wollen oder können? Also drei bis fünf auf der Liste. Aus der Geschäftsführung noch Pamela und Gisbert, sie ohne Anhang, er mit Gattin, daran würde kein Weg vorbeiführen. Die Nummern fünf bis acht. Aus der im Nachgang zum fünfundzwanzigsten Abi-Jubiläum wiederbelebten Clique nur Linda, die in Bayreuth lebt. Nummer sechs, höchstens neun. Andreas, Connies Damaliger und Ehemaliger, dieses tiefe stille Wasser? Er soll immer noch in der Bretagne leben. Hatte sie Doras Franky schon im Zylinder? Sie wusste, dass das, was mit fünfundvierzig noch einmal prickelnd und lustvoll gewesen war, heute, gerade einmal fünf Jahre später, wahrscheinlich nur fad und auch zu anstrengend wäre. Also nur als Reserve (Nummer sieben oder zehn) auf die Liste.

Von den Ehemaligen aus der Kanzlei selbstverständlich Jo, mit dem sie in ihren jüngeren Jahren manche Clubnacht durchgefeiert hatte und der ihr Jahr für Jahr zum Geburtstag Rosen liefern ließ. Sie hatte ihn vor einigen Jahren für ein Pfingstwochenende in Budapest ans Bett gefesselt.

Wenige Wochen vor seiner Hochzeit mit Annabelle, der Tochter des Chefs. Fanny und er begegneten sich seitdem nur zufällig – in der Alten Oper, auf dem Museumsuferfest oder bei offiziellen Empfängen. Acht oder gar elf.

Fanny ging – *nur zur Sicherheit* – im Eiltempo ihre Kontaktfavoriten, ihre wichtigsten *WhatsApp*-Gruppen, eifrigsten *Twitter*-Blasen und speziellen *Facebook*-Communitys durch. *LinkedIn* ließ sie außen vor. Es würden sich sicherlich noch einige potenzielle Gäste finden.

Sie dachte nach, strich, ergänzte. Wer mit wem? Die optimistische, die pessimistische Variante. Gab es eine realistische? Hatte sie tatsächlich so wenige gute Freundinnen oder Freunde? Vielleicht sollte sie sich auf die wirklichen, engen und treuen konzentrieren. Sozusagen auf den harten Kern. Wer war eine sichere Bank, wen konnte sie als unbedingtes Gewinnerlos in den Zylinder fallen lassen?

Nora

Chicago, 15. Mai 2017

Über dem See lag dichter Nebel. Ungewöhnlich für diese Jahreszeit. Trotzdem bevölkerten Jogger, Skater und Rennradler jeden Geschlechts die einer Schnellstraße ähnliche Strecke entlang der Uferlinie des Michigan Sees. Auch Liegenräder und sportliche Rollstuhlfahrer waren zu sehen. Zumindest heute keine Spaziergänger. Europäische Touristen staunten immer wieder, wieso der rege Verkehr der derart unterschiedlichen Nutzer des *Lakefront Trail* nur äußerst selten zu Kollisionen und Unfällen führte. Auf der weiter oben liegenden Autostraße geschahen diese häufiger.

Fast am nördlichen Ende des Trails, auf der Höhe des Margate Parks ließ Nora ihr *Cube*-Rennrad ausrollen. An einer Bank dehnte sie Beine und Schulterpartien, leerte ihre Trinkflasche und kramte in ihrem kleinen Rucksack nach dem *iPhone*.

In Frankreich war es jetzt schon spät am Abend. Um diese Zeit mochte ihr Vater keine unverhofften Störungen. Doch an seinem

Geburtstag würde er ein Auge zudrücken. Es dauerte eine Weile, bis der Anruf angenommen wurde. Gwenn schien erleichtert, dass Nora sich doch noch meldete. Nora war erleichtert, dass sie zunächst mit der Lebensgefährtin ihres Vaters sprechen konnte. Sie hatte vor allem Fragen zu Andreas' Gesundheit, die sie ihrem Vater so direkt nicht stellen mochte. Zumal er keine zufriedenstellende Antwort geben würde. Insbesondere nicht auf die unsicheren Fragen zu seiner Gemütsverfassung. Doch auch Gwenn, das war Noras Eindruck, redete mehr um den heißen Brei herum, als dass sie genauere Auskünfte gab. *Doch, doch, ihm geht es besser.* Außerdem bat sie um Entschuldigung dafür, das Telefon gleich an das Geburtstagskind weitergeben zu müssen. *Im Backofen wartet ein Erdbeersoufflé.*

Sie hätten Gäste, erzählte Andreas als Erstes, die Ehepaare Junot und Le Yaudet. Vielleicht erinnere Nora sich an Alphonse Le Yaudet, der während Noras letztem Besuch zu einer Vernissage ins Manoir der Familie eingeladen habe. *Farben des Meeres.* Drüben, hinter Lannion. Es habe ihr, soweit er sich erinnere, gut gefallen. Nora korrigierte ihren Vater. Nein, er müsse sich irren. Sie sei 2005 – *zu Opas Beerdigung, hörst du, 2005!* – zum letzten Mal in Deutschland gewesen, und damals noch nicht einmal mehr in Fréhel. Ihr Vater schien einen Augenblick nachzudenken. Andreas und Nora redeten oft aneinander vorbei.

Nein, die Sechsundsechzig störe ihn nicht. Ihm gehe es gut, er sei zufrieden und hoffe, auch jenseits des großen Teichs sei alles in Ordnung. *Wie geht's Maxi?* Maxi sei wieder an der Ostküste. Für einige Wochen in New York, dann in Providence und Boston. Sie habe viel zu tun. Ihr Vater fragte nicht weiter nach. *Danke für den Anruf und die guten Wünsche.* Er wollte offenbar das Telefongespräch zu einem ruhigen Abschluss bringen. *Gwenn ruft zum Nachtisch. Gute Nacht, meine Liebe.*

Nora amüsierte sich. Wie so oft realisierte ihr Vater erst im Moment der Verabschiedung, dass Nora noch sieben Stunden vor sich hatte, die für ihn schon vorbei waren. Auch jetzt hatte er seinem kleinen Irrtum hinterhergelacht.

Nora verstaute ihr Smartphone. Sie aß eine Banane, steckte die mit einem selbst angerührten Energydrink gefüllte zweite Trinkflasche in den Halter und rüstete sich für die Rückfahrt in die Innenstadt, zurück bis zum Chicago River.

Von dort aus würde die *Blue Line* sie und das Rad bis Oak Park bringen. Rund fünfzehn Kilometer westwärts. Vorbei an Armenvierteln mit spielenden Kindern, abgestellten Autowracks, Hüpfburgen und ausrangierten Kühlschränken auf dem bräunlichen Grün zwischen Häuserzeile und Hochbahn. Und bald darauf die ruhigen Straßenzüge, die von den berühmten Präriehäusern Frank Lloyd Wrights geprägt wurden. Eine Architektur, die Nora vom ersten Tag an fasziniert hatte. Nobel, modern, ja avantgardistisch seit mehr als einhundert Jahren. Ein Wohnviertel, für das Nora nur manchmal das Adjektiv *langweilig* gebrauchte.

Der Nebel nahm weiter zu, und Nora hatte Gegenwind. Sie machte sich kleiner, fand schnell ihren Rhythmus. Der Skater- und Radverkehr hatte nachgelassen. Sie dachte an Gwenn und ihren Vater. Ob sie immer noch glücklich waren? Was war in diesem Alter Glück? Auch wenn oder weil Gwenn gut zehn Jahre jünger war als ihr Vater.

Noras Gedanken gesellten sich zu den Nebelschwaden. Die Bretagne, die zahllosen Ferien am Cap. Kindheitserinnerungen. Der weite Strand in Fréhel, Monsieur Bouchards Hund, Berge *Moules Frites.* Das *Fest Noz.* Als Achtjährige dort ausgelassenes Hüpfen und Tanzen mit der damals zwanzigjährigen Maxi. Ohne es auch nur ahnen zu können, hatten sie sich bereits an diesem Sommerabend gefunden. Und immer wieder ihre Mutter, die nervte, sie behütete, schimpfte, oft müde war. Nora, die Erstgeborene, war der Liebling ihres

Vaters gewesen, ihre Schwester Anna der der Mutter.

Der Trail verengte sich an einem Steg. Nora bremste ab und nahm hinter dem Steg wieder Tempo auf. Sie überholte eine alte Frau auf einem E-Bike. Nora dachte wieder an ihre Mutter. Weder ihr Vater noch sie selbst hatte in dem viertelstündigen Telefongespräch Connie erwähnt.

Alex

Lolland, Dezember 2017

Heftiger Schneefall seit vier Tagen. Und eine für die Ostsee außergewöhnlich bittere Kälte. Alex klopfte mit einem Handbesen den Schnee von den Sohlen. Jacke, Schal und Mütze schüttelte Alex im Windfang aus und hängte sie an einen Haken. Die Stiefel stellte sie dazu.

Sie würde das Holzhaus ab dem bevorstehenden Neujahrstag dauerhaft mieten, zunächst für die nächsten drei Jahre.

Birte und Jann, die Eigentümer des Feriendomizils, hatte Alex vor zwei Sommern kennengelernt. Damals, sie wohnte seit drei Jahren in Hamburg, hatte sie erstmals einige Wochen auf Lolland verbracht. Und schon in jenem August hatte das Paar davon gesprochen, seine Zelte in Odense abbrechen zu wollen und nach Australien oder Neuseeland überzusiedeln. Ein gutes Jahr später waren die Entscheidungen und Vorbereitungen getroffen. Und jetzt, ein weiteres Jahr danach, würde

Alex bald nicht mehr nur zeitweiliger Feriengast im Haus am Lyngvej sein, sondern dessen Dauerbewohnerin.

Auckland statt Odense für Birte und Jann, Bredfjed statt Ottensen für sie. Und glücklicherweise auch für Connie. Auf einer Geburtstagsfeier hatte Alex die ehemalige Kollegin wiedergesehen. Welch ein Zufall. Eine buchstäblich *schöne Überraschung*, über die sich beide unbändig gefreut hatten.

Sie hatten sich schon früher gut verstanden, ja gemocht, obwohl sie lange Zeit wenig miteinander zu tun hatten. Abgesehen vom Üblichen, das für alle galt, die in den Achtziger und Neunziger Jahren, wenn auch nur am Rand, doch *irgendwie* zur Bockenheimer Szene gehört hatten. Und natürlich abgesehen davon, dass Connie zu einer bestimmten Zeit für Alex als Türöffnerin bei der Volkshochschule fungiert hatte.

Die beiden Frauen hatten auf der Geburtstagsfeier für Aufsehen gesorgt, nicht allein, weil sie sich äußerlich sehr ähnlich waren. Der Altersunterschied fiel kaum ins Gewicht. Großgewachsen, blondes, zumindest ehemals blondes Haar, die eine kurz, die andere halblang. Markante Gesichter, die etwas Herbes, wenn auch weichgezeichnet, hatten. Breiter Mund, schöne

Augen, Lachfalten, Altersflecke. Immer noch sehr schlank, auf jeweils eigene Art. Die eine ließ an regelmäßige Waldläufe und etwas Winterkrafttraining denken, die andere an viel Gemüse und Salat und genetische Vorbestimmung. Sie hätten als Schwestern durchgehen können. Ein Blickfang nicht nur für männliche Partygäste.

Die Aufmerksamkeit zogen sie jedoch vor allem durch ein plötzliches, hemmungslos lautes Lachen, das mit großer Verzögerung in prustendes Kopfschütteln und eine nicht enden wollende Salve *Nein-nein-nein...* überging. Sie hatten sich erinnert, waren immer weiter rückwärtsgegangen, von Stadtteilfest zu Stadtteilfest, von Demo zu Demo, von Fête zu Fête, von Unterschriftensammlung zu Unterschriftensammlung, von Gedächtnislücke zu Gedächtnislücke. Über sage und schreibe drei Jahrzehnte. *Wer war wann wo dabei gewesen?* Was war aus den Vielen geworden?

Mitte der Achtziger musste es gewesen sein, als sie sich zum ersten Mal getroffen hatten. Denn, und da waren sich beide sicher, es war noch im *Café Endzeit* gewesen, dem Vorläufer ihrer späteren ewig verqualmten und jede heutige *Dating-App* übertrumpfenden Stammkneipe *Klatsch.* Sie staunten, wollten sich selbst nicht glauben, freuten sich unbändig. *Vor dreißig Jahren, nein, nein, nein.*

Alex und Connie, die ihr Wiedersehen und ihre Erinnerungen ausgiebig begossen, hatten sich schon am nächsten Nachmittag wiedergesehen. Mit dickem Kopf, müden Augen, schweren Beinen.

Connie erzählte vom Verkauf des *Dicken Daumen*, kam auf Robert und ihre Töchter zu sprechen – *Anna, ja, die Kleine, ist Mutter* – und fragte nach Oliver. Alex zuckte mit den Schultern, erinnerte an Lydia – die tote Polin – und Sevgi, die so selbstbewusste und streitsüchtige Türkin. Ja, in der Flüchtlingshilfe sei sie aktiv, hier in Hamburg. Nein, nach Frankfurt habe sie kaum noch Kontakt. Tim, ihr Sohn, lebe jetzt in Leipzig, mit Ela, *genau, du erinnerst dich?*

Sie waren ein gutes Stück an der Außenalster entlangspaziert, als sie ein Café am Feenteich ansteuerten. Beide nahmen eine Heiße Schokolade und einen Apfelkuchen. Sie schienen so vertraut, als zählte der Nachmittagskaffee zu ihren seit Ewigkeiten eingeübten Ritualen.

Und als sei es das Selbstverständlichste von der Welt, hatte Alex ihr Gegenüber gefragt, ob sie Lust habe, mit ihr und zu ihr nach Lolland zu ziehen. Mit ebensolcher Selbstverständlichkeit und ohne zu zögern hatte Connie mit einem klaren Ja geantwortet. Sie begossen ihre künftige WG und wärmten ihren Kater mit einem exzellenten Port auf.

Wenn sie in den Wochen danach von ihrer Abmachung und deren Entstehung erzählten, war die übliche Reaktion ein ungläubiges Staunen. *Ihr seid verrückt!*

Mollige Wärme empfing Alex. Connie hatte Tee aufgegossen und eine kleine Schale mit Weihnachtsplätzchen gefüllt. Mandeln, Haselnuss, wenig Zucker, viel Zimt. Sie begrüßte Alex, die sich vor den Kaminofen stellte und sich mit ihren Händen die Oberschenkel und Arme rieb. Ob sich Gundula schon gemeldet habe, fragte Alex und schmiegte sich in ihren Ohrensessel. Die Nachbarin, eine Tierärztin, die früher in Rostock praktiziert hatte und schon einige Jahre in Bredfjed ansässig war, hatte gute Verbindungen zur örtlichen Bank. Ihr Kreditantrag würde weniger Nachfragen und Papierkram erfordern als ein von Alex gestellter. Ja, antwortete Connie. Die Aussichten seien nicht schlecht, lasse Gundula ausrichten. Sie werde morgen vorbeischauen, dann könne man Einzelheiten besprechen und damit beginnen, das gemeinsame Vorhaben endlich anzupacken.

Gwenn

MARTINIQUE, APRIL 2015

Der Arzt bestätigte ihre Vermutung: *Dengue*-Fieber. Man werde den Patienten noch einige Tage beobachten, da angesichts des hohen Fiebers, des sehr niedrigen Blutdrucks und der mäßigen Konstitution ein kritischer Verlauf nicht auszuschließen sei.

Gwenn erlebte nicht zum ersten Mal, dass ein europäischer Tourist binnen zwei, drei Tagen vom unternehmungsfreudigen Urlauber zum stark geschwächten Kranken mutierte. Auch jüngere Touristen als Andreas, der nächsten Monat vierundsechzig Jahre alt werden würde. Er hatte sich müde gefühlt, schwächer als üblich. Seit Anfang der Woche, nach der Rückkehr aus den Bergen. Er schlief morgens lang und musste sich nach dem Mittagessen wieder hinlegen, für fast zwei Stunden. Er war lustlos geworden, hatte weniger Appetit.

Gwenn kehrte in das Krankenzimmer zurück. Andreas schlief. Sie tat das in solchen Fällen und in unzähligen Filmen Übliche: Sie tupfte ihm die Stirn trocken, legte eine Hand auf die seine, zupfte die dünne Decke zurecht, füllte das Wasserglas und strich ihrem Lebensgefährten über den Kopf. *Adieu! À demain, chéri!* Ein Gefühl sorgenvoller Zärtlichkeit, das Gwenn in den fast neun Jahren ihrer Liaison noch nie empfunden hatte, nicht in diesem Ausmaß.

Ja, ihre Beziehung war liebevoll, gab Sicherheit, war anfangs auch spannend und voller Kapriolen gewesen. Andreas war ein verlässlicher Ruhepunkt in Gwenns unstetem Leben, das von beruflicher Anspannung, zermürbender Verantwortung, vielen Reisen und kurzen Nächten geprägt war. Sie bot ihrem Gefährten dafür im Tausch Neugier, Offenherzigkeit und – das schätzte Andreas nach eigenem Bekunden am meisten – eine unerschöpfliche Vitalität. Und Gwenn war sein Ticket gewesen. Madame Gwenn Le Draoulec, die allseits geschätzte Hotelmanagerin mit der spitzen Nase, dem etwas spitzen Kinn und der sehr spitzen Zunge, hatte ihn damals, als ihre Beziehung noch eine Affäre war, in den inneren Kreis in Sables d'Or eingeführt.

Gwenns Peugeot 5008 rollte vom Parkplatz des Krankenhauses und fand schnell seinen Platz im stockenden Verkehr durch Fort-de-France. Eine gute Stunde würde Gwenn für die Fahrt nach Sainte-Anne benötigen. Wenige Kilometer hinter dem Flughafen floss der Verkehr wieder. Und ab Sainte-Luce, wo die N 5 zur Küstenstraße wurde, genoss sie die Aussicht auf das ruhige Meer. Wolkenloser Himmel, schwüle 29 Grad, eine leichte Brise, die nur die Einheimischen als Erfrischung empfanden. Die Strände der Ferienanlagen waren auch jetzt, wo das Ende der Hochsaison nahte, bevölkert. In den von Gwenn betreuten Resorts stellten – wie generell auf Martinique – natürlich Franzosen die große Mehrheit der Gäste. Dazu kamen Belgier, Schweizer, auch Deutsche, immer mehr Russen und neuerdings erste arabische Touristen.

Gwenn erreichte Saint-Anne und steuerte den Wagen in die Hügel des Beauregard-Viertels. Hier oben, auf dem Gelände der *Bellevue Lodges*, war sowohl ihr Büro als auch ihr Appartement, das sie seit über zwei Jahren mit Andreas bewohnte. Von hier aus steuerte Gwenn die sechs touristischen Objekte auf Martinique und vier Hotels und Resorts auf Guadeloupe. Ihr offizielles Büro im Zentrum von Fort-de-France nutzte sie nur an einem, selten an zwei Tagen in der Woche. Dort residierten noch der für Martinique verantwortliche lokale Manager und zwei Bürokräfte. Außerdem war das Gebäude am

Ende der Avenue Jean Jaurès der Standort der vier auf der Insel tätigen technischen Objektbetreuer, Lagerflächen und Werkstatt inklusive. Alle anderen Aufgaben – vom Einkauf bis zum Verkauf – waren in der Pariser Unternehmenszentrale angesiedelt. Human Resources, IT und Marketing sowieso.

Amelia, ihr Hausmädchen, kam Gwenn entgegen, als sie den Peugeot abgestellt hatte. Die Jamaikanerin fragte, ob sie etwas ins Haus tragen könne. Und sie fragte, wie es *Monsieur* gehe. Gwenn verneinte die erste Frage und beschied die zweite mit einem halbherzigen *Schon besser*. Das Hausmädchen lächelte. *Gut.*

Gwenn stellte die beiden Taschen ab, verschwand in ihrem Schlafzimmer, zog sich aus und duschte ausgiebig. Auf der rückwärtigen Terrasse servierte Amelia eine halbe Stunde später eine kleine Mahlzeit, Krebsfleisch mit Avocado und ein wenig Obst. Luca, die im Schatten einer Palme geschlafen hatte, schaute nun auf.

Gwenn entließ die junge Frau, setzte sich an den Tisch und klappte ihr *MacBook* auf. Mit *Les Residences Rurales*, einem noch relativ jungen Unternehmen auf den Antillen, hatte Gwenn in den vergangenen Monaten Verhandlungen geführt. Ihr Auftrag war, Möglichkeiten der Zusammenarbeit mit dem auf Agrotourismus spezialisierten Unternehmen zu sondieren. Da dieses Segment auch auf den karibischen Inseln wuchs – die Pariser setzten dabei insbesondere auf Kunden aus Deutschland, der Schweiz und den Niederlanden –, war der frühe Einstieg in diesen Markt überlegenswert. Gwenn dachte noch weiter als ihre Chefs in der Heimat. Sie hatte sich vorgenommen, neben den üblichen Geschäftszahlen der LRR auch die möglichst aktuelle Bewertung der Immobilien heranzuziehen. Die meisten Gästehäuser waren auf dem Gelände von Bauernhöfen oder Brennereien eingerichtet worden. Und diese Grundstücke würden mit oder ohne Agrotourismus in der Zukunft an Wert gewinnen.

Sonja

BERLIN, DEZEMBER 2010

Wie ungerecht das Schicksal doch sein konnte. Hätte es nicht einige Tage, besser noch einige Wochen und Monate warten können? Hätte das Schicksal nicht wenigstens den Postboten an zwei verschiedenen Tagen vorbeischicken können? So ließen Freude und Stolz ihr Herz nur wenige Minuten galoppieren.

Sonja hatte die Versandtasche aufgerissen, das Buch herausgenommen und den Umschlag, auf dem ihr Name stand, drei Mal geküsst. Ihre *Rigaer Reportagen*. Ein dünnes Bändchen, dem Sonjas schlaflose Nächte und ihre steten Zweifel nicht anzusehen waren. Sie legte das Buch auf ihren Küchentisch, starrte es ungläubig an. Sie nahm es wieder auf, sah sich die Rückseite an, dann wieder die vordere Umschlagseite, den Rücken, die Rückseite, die Vorderseite. Die Titelgestaltung hatte ihr schon im ersten Augenblick gefallen, noch als

Entwurf, als ein Vorschlag unter mehreren. Das Porträtfoto gefiel Sonja nun auch.

Sie sah sich in einem Buchladen. Einem Mann oder einer Frau fällt der Umschlag ins Auge, man liest den Klappentext, blättert kurz durch die gerade einmal einhundertzwanzig Seiten. Dann nochmals der genauere Blick auf das Foto der Autorin. Ein vielsagendes Foto, ein nichtssagendes? Was würde der erste oder zweite Gedanke der Betrachter sein? Eine offenbar interessante Person, sympathisch, klug, selbstbewusst, oder doch eher: der modische Typ Akademikerin um die Sechzig, hager und kühl.

Sonja lachte über sich. Sie neigte zu Sprüngen in die Zukunft und genoss sie jetzt. Eine Lesung im Kulturclub, sie hinter dem Weihnachtsbüchertisch der Friedrichshainer Frauen oder im Interview mit einem lettischen Radiosender. Und schon morgen würde sie über ihrem ersten Entwurf der folgenden *Begegnungen in Tallin* sitzen.

Nein, morgen würde die Plätzchenbackerei den Tagesablauf bestimmen. Also wohl übermorgen, oder erst nach den Feiertagen, im nächsten Jahr. Sonja setzte sich auf ihren Hocker am Fenster, der normalerweise als Ablageplatz für ihren Einkaufskorb oder gelesene Zeitungen diente. Sie schaute hinunter auf den Abgang zur U-Bahnstation Weberwiese und hinüber zum Friedhofsgelände. Sie hatte die Wohnung vor einigen Jahren bezogen und würde sie mit großer Wahrscheinlichkeit auch nicht mehr verlassen. Es sei denn, Alter und Gesundheit machten einen Umzug notwendig.

Sie war ein Berliner Mädel, aufgewachsen am Rand des Scheunenviertels, und hatte die längste Zeit, fast ihr ganzes Berufsleben, dort und am Volkspark, am damaligen Leninplatz, gewohnt. Sascha hatte kürzlich eine gemeinsame Wohnung ins Spiel gebracht. Aus Kostengründen, außerdem sei es bequemer. Sascha wohnte in Pankow, gerade noch diesseits der Stadtgrenze. Sonja hatte sich mit der schwierigen Wohnungssuche und den nach oben schießenden Mietpreisen herausgeredet. Sie würden für eine Wohnung in akzeptabler, wenn nicht guter Lage und mit den für sie erforderlichen Quadratmetern bestimmt genauso viel oder gar mehr zahlen müssen als jetzt für die beiden Drei-Raum-Wohnungen aus Altbeständen zusammen.

Sonja hatte ihrem Lebensgefährten schnell die Flausen ausgetrieben. Und sie hatte ihn daran erinnert, dass er sich ja um eine andere Stelle bemühen wolle, möglichst in Schwerin oder gar an der Ostsee, auf jeden Fall weg aus Neukölln. Wenn das gelingen sollte, hatte Sonja überlegt, wäre es machbar, nach Saschas Umzug in den Norden zunächst – bis sie selbst nachziehen würde – eine kleine Wohnung in Berlin in der Hinterhand zu haben, ihre jetzige. Das wäre sinnvoller als eine große, in die man dann gerade erst eingezogen war. Sascha hatte sich einsichtig gezeigt.

Sonja beobachtete eine sich auf dem Friedhof schnell auflösende kleine Trauergemeinde. Sie nahm ihre Reportagen in die Hand und sah sich wieder im nächsten Jahr ihr zweites Buch schreiben, Reportagen aus Estland. Sie phantasierte, machte Pläne. Sie würde nochmals ins Baltikum reisen, mindestens einmal im Monat ein Wochenende in Schwerin, Stralsund oder Greifswald verbringen. Und ab und an einige Tage auf Usedom.

Sonja war aufgestanden, hatte die zerrissene Versandtasche zur Seite geräumt und nach der restlichen Post gegriffen. Werbung eines Weinladens, die jährliche Standmeldung ihrer Versicherung und ein Brief des Mammografiezentrums. Sie hatte mit ihrem kleinen Gemüsemesser das Kuvert sorgfältig aufgeschlitzt. Die einleitenden Standardsätze hatte sie überlesen, doch dann ging es um sie. Das Ergebnis zeige Auffälligkeiten, die eine weitere Untersuchung erforderlich machten. Sie werde gebeten, möglichst umgehend einen weiteren Termin im Zentrum wahrzunehmen.

Sonja war in ihrer kleinen Küche auf und ab gegangen, zwei Schritte vorwärts, drei Schritte zurück. Sie versuchte den weiten Blick über die Dachlandschaft, doch ihr Blick war am Friedhof hängen geblieben. Die letzten Trauergäste stiegen in ihr Auto. Sie würde Sascha vorerst nichts von dem Brief sagen. Die Folgeuntersuchung, wahrscheinlich eine Biopsie, konnte auch gut ausgehen. Ablagerungen, das Übliche, was sonst. Warum Sascha beunruhigen. Vielleicht hatte sie übermorgen sogar noch einen kleinen Rest Freude und Stolz in sich, dass sie mit Sascha auf das Buch anstoßen konnte.

Sonja fühlte, wie sich Müdigkeit ihrer bemächtigte. Sie setzte sich wieder auf ihren Zeitungshocker. An Andreas würde sie Weihnachten ein Buchexemplar schicken. Er kannte die Vorgeschichte.

Vor drei, vier Jahren hatten Sonja und ihr Frankfurter Genosse, Ex-Genosse, viel über ein anderes Projekt gesprochen. Er wollte Bretagne-Krimis schreiben, sie sollte das Baltikum als Tatort ins Visier nehmen. Daraus war dann nichts geworden, weil die Last ihrer langjährigen Beziehung die Krimi-Idee erschlagen hätte.

Sonja überschlug nicht zum ersten Mal die vielen Jahre der Freundschaft und staunte wieder einmal selbst: Sie waren beide gerade einmal

Mittdreißiger gewesen, als sie sich zum ersten Mal begegneten. Heute stand hier wie dort der sechzigste Geburtstag bevor.

Sie hatten in all den Jahren viel miteinander erlebt. Vor allem in der ersten Hälfte ihrer Bekanntschaft. Eine Zeit voller Gipfelstürme und Höhenangst. Dann der Absturz. Geröll, das nicht aufzuhalten war und am Ende auch sie mitgerissen hatte. Eine temporeiche, intensive Zeit. Geschmack hielt sich auf der Zunge wie Gerüche in der Nase. Ihre Sinne hielten fest, was der Verstand vergessen machen wollte. Über manches Gemeinsame hatten Sonja und Andreas nie mehr gesprochen.

Die Mühen der Ebene und die vielen neuen Wegmarkierungen hatten ihre Aufmerksamkeit und Energie erfordert. Verschwindendes und Kommendes. Trennendes. Sonja haderte mit dem Schicksal, ohne jede Vermutung, in wessen Händen es liegen mochte.

Jahre waren ins Land gegangen. Sonja war endlich wieder in ruhigere Bahnen gelangt. Sascha bot ihr Verlässlichkeit. Sie selbst hatte ein wenig Zuversicht zurückgewonnen, nicht mehr die große, doch wenigstens ihre private.

Und nun dieser beschissene Brief.

Franky

Mallorca, 31. März 2010

Die letzten zweieinhalb Kilometer würden ihm noch einmal viel abverlangen. Franky ging in der folgenden Kurve – sie war auf einem weißen Markstein als Nummer 14 ausgewiesen – aus dem Sattel. Im anschließenden kurzen Flachstück zwang er sich, seinen Rhythmus beizubehalten, nicht zu überdrehen oder einen größeren Gang einzulegen.

Noch achtzehnhundert Meter bis zur Kuppe. Die Bewaldung wurde lichter, und wenn er Richtung Südwesten schauen würde, sähe er sogar das Meer hinter Peguera. Doch Franky blickte nach vorn, konzentrierte sich auf die Straße, deren Belag dringend erneuert gehörte. Unzählige Schlaglöcher und Rinnen, manche irgendwann einmal notdürftig zugeschmiert. Der talseitige Fahrbahnrand war ausgefranst, und auf der anderen Straßenseite säumte aus dem Berg gebrochenes Gestein den Weg. Die für die Balearen sehr winterlichen Temperaturen der vergangenen zwei Monate und die ungewohnt heftigen Regenfälle hatten ihre Spuren hinterlassen.

Von Frühjahrssaison konnte man auch jetzt, kurz vor Ostern, kaum sprechen.

Fast dreißig Kilometer hatte Franky heute bereits hinter sich. Es war sein vierter Tag auf Mallorca. Gestartet war er vor dem Hotel in Santa Ponça. Angenehmes, wenn auch nicht kinderleichtes Einrollen bis Calvia und Puigpunyent. Auf dem Weg dorthin der *Coll des tords*, das Hauspässchen, wie es von der hier heimischen deutschen Rennradlergemeinde genannt wird. Ab Puigpunyent neun Kilometer permanenter und herausfordernder Anstieg. Dauerhaft sechs, sieben auch mal acht Prozent, kurz vor Galilea dann die beiden letzten Kurven und zehn Steigungsprozent. Die letzten fünfhundert Meter bis zur Kuppe auf knapp 450 Metern Höhe.

Für viele Radfahrer, die in diesen Wochen mit ersten Touren in ihr Radsportjahr starteten, war dieser halbe Kilometer die erlösende Entschädigung für die zu Saisonbeginn typischen Zweifel und Qualen. Auch Franky, obwohl mit seinen noch nicht einmal vierzig Jahren im besten Alter, spürte seine Beine, seine Unterarme, seinen Rücken, den Nacken. Alle Muskeln auf einmal. Und er verspürte Genugtuung und Stolz, die er jetzt gerne hinausschreien würde. So laut und über alle Berge, Täler und Meere hinweg, dass sie auch Dora erreichen würden. Dora, seine sommerliche *Fickmich-einfach*-Affäre, die zu einer dauerhaften Liebschaft geworden war.

Er hatte die Mainzer Ärztin fünf Jahre zuvor in der Bretagne kennenlernt, zufällig. Sie war mit dem Rad unterwegs gewesen, aber kurz bevor er mit seinem Pick-up vorbeikam wegen eines platten Reifens abgestiegen. Er hatte sie buchstäblich aufgegabelt. Sie waren sich vom ersten Augenblick an sympathisch, hatten keine Scheu, dies auch bald mit Lust im Bett zu zeigen und auszuleben. Sie wurden ein Paar, trotz der mehr als 400 Autobahnkilometer zwischen der Stadt am Rhein und Leipzig, wo Franky, gebürtiger und nach eigenem Bekunden überzeugter Ossi, als auf Gebäudetechnik spezialisierter IT-Fachmann sehr gutes Geld verdiente.

Franky stellte sein Rad ab und suchte einen Tisch, den die Sonnenstrahlen noch für eine Weile erreichen würden. Das Café *Sa Plaça de Galilea* gehörte für eine Rast während einer Tour zu seinen liebsten Orten, hier im Südwesten Mallorcas. Neben dem kleinen Kirchplatz in S'Arraco und den Terrassen in Esporles. Bereits richtige Lieblingsplätze, obwohl er erst zum dritten Mal auf der Insel war. Frühjahr, Herbst, Frühjahr. Den Halbjahresrhythmus wollte er beibehalten.

Er bestellte wie immer eine Cola und einen kleinen schwarzen Kaffee, dazu ein Stück Mandelkuchen. Er schoss einige Fotos. Vom Eingang des Cafés, von der Sonnenuhr, dem Kirchenportal und dem alten Ziehbrunnen. Für Landschaftsbilder taugte sein Smartphone leider nicht. Hinzu kam, dass der schwere Aufstieg nach Galilea oder die ebenfalls kurvenreiche Abfahrt nach Es Capdella Franky genauso wenig Gelegenheit für Fotopausen boten wie zum Beispiel die Tour auf der Küstenstraße. Saß Franky auf dem Rad, fiel ihm das Anhalten, außer zur Halbzeitrast und am Ende der Tour, sowieso schwer. Selbst von den gefahrenen Kilometern auf der Hochebene rund um Orient gab es keine Fotoaufnahmen.

Franky holte sich an der Theke noch stilles Mineralwasser, mit dem er seine Flaschen auffüllte, und zahlte. Als er zu seinem Tisch zurückkam, hatte sich am Nachbartisch eine kleine Gruppe deutscher Touristen niedergelassen. Keine Radfahrer, auch niemand in Wanderschuhen. Ein Mann, bereits um die Fünfzig und recht korpulent, wie Franky fand. In seiner Begleitung zwei Frauen. Die eine ebenfalls um die Fünfzig. Sie schien die Frau des schwitzenden Dicken zu sein. Schlank, Pferdeschwanz, gutaussehend. Die andere war jünger, ebenfalls attraktiv, doch viel stärker geschminkt, schick herausgeputzt. Eher eine junge Lady, in seinem Alter, dachte Franky.

Franky staunte und schmunzelte. Der Dicke erwies sich, als er in seinem Deutsch-Englisch-Porfarvor-Mischmasch eine Flasche Weißwein und einen *grande, muy grande* Teller Tapas bestellte, als Landsmann, als Ossi. Also eher Henningsdorf als Troisdorf. Das machte ihn Franky sympathisch. Die beiden Blondinen waren dagegen eindeutig in Westdeutschland aufgewachsen und dort zuhause. Das machte sie nicht unsympathisch.

Als sich Franky zur Weiterfahrt fertig machte, sprach ihn sein Landsmann an und fragte, ob er sich nicht auf ein Glas zu ihnen setzen wolle. Franky zögerte, doch die Zwei-zu-eins-Konstellation reizte ihn. Er nahm seine Windjacke aus der Trikottasche und zog sie über. Der Nachbartisch stand bereits zur Hälfte im Schatten. Er stellte sich der Gruppe vor: *Frank, für alle nur Franky.* Der Dicke antwortete: *Maik, mit ai, nicht wie Mike Tyson oder Mike Krüger.* Sie lachten gemeinsam und glucksend über ihre Scherze.

Maik wendete seinen Kopf hin zu der neben ihm sitzenden Frau mit Pferdeschwanz. *Alex, eigentlich Alexandra.* Doch nicht seine Frau? Blieb die etwas jüngere Schönheit rechts von ihm. Er stupste sie an. *Tina, meine liebe Gattin.*

Es dauerte nicht lange und die beiden Männer nuschelten in wissenden Andeutungen über Vergangenes, schon lange Vergangenes. Als sich herausstellte, dass beide Männer mit Immobilien zu tun hatten, gab jeder einige von Lachen, Schenkelklopfen und Kopfschütteln begleitete Anekdoten zum Besten, in denen immer Wessis die Hauptrolle spielten – als Gauner oder als Deppen.

Franky erfuhr, dass Maik und Tina eine Tochter hatten. *Dreizehn, ein schwieriges Alter*, stöhnte Maik, der den Leipziger wortreich um seine Kinderlosigkeit beneidete. *Und auch sonst noch solo?* Tina stieß ihren Mann kräftig in die Seite. Vergebens, die beiden Männer kannten kein Pardon. Es folgten Allerweltssprüche en gros.

Nach einer dreiviertel Stunde – die zweite Flasche Wein war fast geleert, vier *Suau 25* waren unterwegs – kam man auf Frankfurt am Main zu sprechen. Das Trio war, soviel hatte Franky verstanden, in der Bankenstadt zuhause oder arbeitete dort. Die Runde schlürfte den honigbraunen Brandy, den Franky nach jedem Tropfen mehr und mehr spürte. Niemand hätte später rekonstruieren können, wieso sich zu aller Überraschung auch noch herausstellte, dass die

Vier gemeinsame Bekannte nicht nur in Frankfurt, sondern sogar im Stadtteil Bockenheim hatten. Leipziger Straße, Kurfürstenplatz, Grüneburgpark. Franky erzählte, er wusste schon kurz darauf nicht mehr, warum eigentlich, von einem zweifachen Urlaub in der Bretagne, vor wenigen Jahren. Ein Frankfurter, ein ehemaliger Bockenheimer habe dort mit seiner Frau, nun ja, seiner damaligen Frau und heutigen Exfrau, ein schönes Anwesen. *Am Cap Fréhel*, ergänzte Franky, um dem Ganzen etwas Konkretes, Wahrhaftiges anzufügen. Es war die ältere der beiden Frauen, die aufhorchte und nachfragte: *Heißt die Frau zufällig Connie?*

Franky war mit seinen Gedanken bereits wieder bei der ihm bevorstehenden Abfahrt nach Es Capdella. Die Schöne stieß ihn an. *Connie?* Franky rief der Wirtin zu, er hätte noch gern einen kleinen Schwarzen. Ja, das stimme. *Connie und Andreas.*

Rund um den Tisch war man sich einig: Die Welt war klein. Noch ein Allerweltsspruch, aber auch dieser war wahr. Alex kannte Connie *sogar ganz gut.* Mehr sagte sie nicht, und Franky fragte nicht genauer nach.

Franky wurde müde und lernte dazu: Nicht nur die Touren, auch die Pausen sollten nicht zu lange dauern. Erstmals erstarb das Gespräch. Maik gähnte, woraufhin Tina ihren Mann drängte, die

Rechnung zu bestellen. Vor dem Höhenzug im Nordosten kamen Wolken auf.

Hailo, la cuenta, por favor Maik zahlte und gab ein großzügiges Trinkgeld. Man brach auf. An der geschlossenen Zufahrt zum Platz stieg das Frankfurter Trio in ein nagelneues Audi S5 Cabrio. Man wünschte sich noch schöne Tage und vielleicht sehe man sich noch einmal, in Santa Ponça oder in Port Andratx, wo die Drei residierten. Oder irgendwo unterwegs. Sie lachten alle vier.

Franky wartete, bis das Auto auf die Durchgangsstraße eingebogen war. Maik streckte den Arm nach oben, winkte und hupte noch einmal. Franky nahm einen kräftigen Schluck aus seiner Wasserflasche und zog den Reißverschluss seiner Windjacke hoch. Er war sich nicht sicher, ob er Dora nachher am Telefon oder erst nach seiner Rückkehr von dem zufälligen Treffen in Galilea erzählen würde. Ob sie die Drei kannte? Jetzt musste er sich erst einmal für fast zehn Kilometer auf die Abfahrt konzentrieren. *Sei vorsichtig, alter Junge.*

Die ersten Serpentinen zogen Franky regelrecht an. Er trat kräftig in die Pedale. Erst vor zwei Jahren hatte er sich zum ersten Mal in seinem Leben auf ein Rennrad gesetzt. Ein geliehenes *Hinault*, schließlich war man in der Bretagne. Und da Franky *niemals halbe Sachen* machte, hatte er sich schon am nächsten Tag bei *Cyclo Mob* in Plurien mit Radschuhen, einer Radhose, einem Trikot, Socken und einer Windweste eingedeckt. Vierhundert Euro, seine erste Investition in eine neue Leidenschaft. Der Fahrradhändler hatte ihm für die wenigen bleibenden Urlaubstage einen Helm geliehen und eine Trinkflasche gratis dazugegeben.

Franky genoss den Fahrtwind und die in den Kurven aufblitzende freie Sicht ins Tal. Der einsetzende feine Sprühregen störte ihn nicht. Die Hälfte der Abfahrt nach Es Capdella hatte er schon hinter sich. Man konnte sogar bereits das neue Sportzentrum am Ortseingang von Calviá erkennen.

Franky schoss mit fast fünfzig Stundenkilometern am Restaurant *Sa Clastra* vorbei und bremste vor der letzten scharfen Kurve der Abfahrt etwas ab. *Geschafft!*, sagte er sich. Zwei Ziegen nutzten die Lücke in einer verfallenen Trockenmauer als Ausgang. Franky wich ihnen aus, verstärkte das Bremsen, das Viertausend-Euro-Rad vibrierte. Eine Sekunde der Angst. Eine halbe Sekunde zum Überlegen und Entscheiden. Er würde die Rechtskurve etwas enger als üblich nehmen müssen. Seine Arme schmerzten, als er den Lenker in den Schraubstock seiner Hände zwängte. Er ging etwas aus dem Sattel. Das Ärgste war wohl vorbei. Doch für ein zweites *Geschafft!* war es noch zu früh.

Anna

UECKERMÜNDE, 19. MAI 2010

Der Schleudergang trudelte endlich aus. Ein Licht verlosch, ein anderes blinkte jetzt. Anna öffnete die Waschmaschine und lud die Handtücher und das Laken in einen Korb. Den trug sie nach draußen. Hinter den von üppigem Grün umrankten Hasenkästen, aus denen die letzten Bewohner wahrscheinlich vor Jahrzehnten ausgezogen waren, setzte sie den schweren Korb ab. Sie setzte sich auf einen alten Sandsteinquader und schaute sich um. Den durchbrochenen Jägerzaun wollte Philipp schon lange repariert haben. Aber sie wusste ja, dass ihr Freund während des Semesters sehr wenig Zeit für anderes als sein Studium hatte.

Anna nahm sich vor, die zweite Wäscheleine morgen selbst zu ziehen. Und sie würde die Gartenmöbel, eigentlich waren es nur ein Stuhl und ein Tisch, aus dem Schuppen holen, gründlich abwischen und aufstellen. Schließlich war bereits Mitte Mai, das Pfingstwochenende stand bevor, und die Vorhersage versprach angenehme Frühlingstemperaturen. Auch für Vorpommern.

Seit einigen Wochen arbeitete Anna wieder im Tierpark Ueckermünde. Bis zum nächsten Frühjahr würde sie ihre Ausbildung als Tierpflegerin abschließen, falls nichts dazwischenkommt, so wie ihr die kleine Anna-Louisa dazwischengekommen war. Im zweiten Lehrjahr war sie schwanger geworden. Zu einem unpassenden Zeitpunkt, denn die Ausbildung war ein Glücksgriff gewesen. Nach all den frustrierenden Zweifeln, der Unsicherheit und den Fehlentscheidungen zuvor. Philipp hatte sie bestärkt, das Ueckermünder Praktikum zu Ende zu bringen. Ihr Vater hatte alte Verbindungen genutzt, um ihr dort den Ausbildungsplatz zu sichern. Sie selbst hatte ihr kräftezehrendes Sich-Aufraffen und ihre Ausdauer beigesteuert.

Jetzt war ihre Tochter bereits über ein Jahr alt und verbrachte die Werktage bis zum späten Nachmittag in der Krippe der Poliklinik. An vier Tagen brachte und holte Anna die Kleine. Freitags war Philipp dran, was nahelag, da er an diesem Tag nicht in Greifswald sein musste und dafür in der Klinik als Sanitäter ein wenig Geld verdiente.

Ja, das Geld. Für das junge Paar war dies noch immer die größte Sorge. Rund 900 Euro brachte

Anna nach Hause. Ihr Vater überwies ihr seit einigen Jahren monatlich 300 Euro, die Mutter 200 Euro. Philipp war praktisch mittellos, sah man von dem Minijob ab. Sie kamen *ganz gut* über die Runden, wenn auch manches Vergnügen zurückstehen musste. Sie waren genügsam, und die Miete für das heruntergekommene ehemalige Bahnwärterhaus betrug noch nicht einmal 300 Euro.

Anna und Philipp hofften, dass sie in gut einem Jahr davon sprechen können würden, *wirklich relativ gut* dazustehen. Dann, wenn Anna festangestellt sein würde, und Philipp ebenfalls etwas mehr Geld verdienen könnte.

Anna ging zurück ins Haus. Sie brühte eine Kanne Tee auf und aß eine Scheibe Dinkeltoastbrot, bestrichen mit Sanddornmarmelade. In einer Viertelstunde würde Milla, eine Nachbarin, die unten direkt am Haff wohnte, vorbeikommen und Anna zur Poliklinik mitnehmen. Millas Tochter Sophia war bereits drei Jahre alt und führte sich gern als Anna-Louisas große Schwester auf.

Anna dachte an ihre eigene Schwester Nora, die fünf Jahre älter und immer *die Große* gewesen war. Nora, Papas Liebling und Mamas Sorgenkind. Der Film, der in Annas Kopf ablief, war immer der gleiche: Er begann mit Mamas panischer Suche am Strand und endete mit dem toten Hund von Monsieur Bouchard. Ein Film, der gedreht wurde, als Anna gerade einmal drei Jahre alt war, und an den sie sich besser erinnerte als der Rest der Familie.

Mit ihren Eltern hatte Anna nie über diese Erinnerungsfetzen gesprochen. Mit Nora schon, doch ihre Schwester hatte aus den frühen Fréhel-Jahren völlig andere Bilder im Kopf. Und die späten Jahre, die im *Dicken Daumen*, hatten eh unterschiedliche Erinnerungssplitter hinterlassen. Anna war anfangs noch ein pubertierendes Kind und dann als Teenager erstmals verliebt gewesen – in Philipp! Nora hatte bereits mit allem – der Schule, der Familie, Bockenheim – abgeschlossen und lebte am Ende sogar schon mit ihrer Freundin Maxi in den USA.

Jetzt stieg plötzlich auch dieser Erinnerungsfetzen aus den Tiefen auf: Maxi war Anfang der Neunziger die Freundin eines langjährigen Freundes von Papa gewesen. Eine sehr junge, schöne Frau, die *Onkel Benno* eines Tages im Arm hatte. Es gab nur wenige Fotos von Maxi und Benno. Annas Gedächtnis selbst holte eintönige Bilder nach oben: Maxis schwarzes Haar, schwarze Augen, schwarze Lippen, schwarze Fingernägel. In dem Sommer, als der Hund vergiftet worden war.

Anna war sich nicht sicher, ob die zahllosen Ferienwochen am Cap Fréhel in der Summe wirklich schön gewesen waren. Von manchen Streitigkeiten zwischen den Eltern oder mit Freunden wie Dora und Benno hatte sie erst später erfahren. Manches hatte sie gewusst, zum Beispiel, dass Benno Philipps Vater war, aber sie hatte es zu der Zeit nicht wirklich begriffen. Dass Benno und Dora an der Uni ein Pärchen und bei der ersten Tour von Andreas und Connie ans Cap Fréhel dabei gewesen waren, hatte ihre Mutter ihr viel später erzählt. Gespickt mit vielen Geschichten, die von einer offenbar schönen, unbeschwerten Zeit des Träumens und der Furchtlosigkeit erzählten. Eine Zeit, um die Anna ihre Mutter beneidete. Connie selbst jedoch garnierte ihre, wie sie sich ausdrückte, *Marburger Geschichten* immer mit einem *Aber...*

Vieles hatte sich seitdem geändert.

Ihr Vater war seit kurzem eher zu einem stillen, einem verstummenden Rebellen geworden. Manchmal war sein Schweigen beängstigend, vor allem dann, wenn Anna den Eindruck hatte, dass ihr Vater mit allem abschloss. Wobei sie nicht hätte sagen können, was *mit allem* gemeint sein könnte. All das Kleine? Oder das Große? Und was war das Große?

Auch mit Blick auf Alltagsdinge und in leichtgewichtigen Wortwechseln zeigte sich ihr Vater seit längerem auffällig wortkarg. Als Anna vor wenigen Tagen Andreas zum Geburtstag gratuliert hatte, hatte sie ihn eher beiläufig gefragt, ob sich ihre Mama bei ihm gemeldet habe (*Ja!*) und Nora (*Noch nicht!*). Mehr war ihm nicht zu entlocken gewesen. Ihre Frage nach Dora hatte Andreas gleich ganz ignoriert. Aber Andreas hatte sich seinerseits nach der Kleinen erkundigt (*Gib ihr einen dicken Kuss!*), dann nach Annas Arbeit im Tierpark, nach Philipps Studium und am Ende nach dem Ostseewetter gefragt.

Im Radio lief Lena Meyer-Landruts *Satellite*, heute bereits zum dritten oder vierten Mal. Draußen hupte ein Auto. Anna räumte Tasse, Holzbrett und Messer in den Spülstein. Sie schreckte auf, als das Hupen nicht aufhörte. Sie ging zur Haustür und sah, dass Millas Kombi mit laufendem Motor am Straßenrand stand. Anna schlüpfte in ihre Sneaker, zog einen dünnen Pulli über und fuhr sich vor dem Flurspiegel durch ihre störrischen blonden Locken, die sie von ihrer Mutter geerbt hatte.

Anna gefiel ihr Spiegelbild. Hatte sie bei allen Widrigkeiten nicht allen Grund, zufrieden zu sein? Sie schloss das Haus ab und stieg in den alten Volvo.

Connie

Frankfurt am Main, Februar 2009

Sie hatte richtig entschieden, die Entscheidung dem Schicksal zu überlassen. Sie hatte nichts falsch machen können, war heute nicht von Zweifeln geplagt, und sie fühlte sich wohl. In ihr Leben war Ruhe eingekehrt.

Connie fuhr mit der Linie 19 zum Hauptbahnhof. In einer halben Stunde würde Roberts Zug ankommen, wenn er denn pünktlich war. In letzter Zeit hörte man immer wieder von starken Verspätungen und Zugausfällen. Die Bahn war marode. Darüber hatte Andreas, der aus einer Eisenbahnerfamilie stammte und darauf immer noch stolz war, ständig geschimpft. Die reihenweise Ausdünnung von Zugverbindungen, das Stilllegen von ganzen Strecken bereits in den Siebziger- und Achtzigerjahren und die vielen heruntergekommenen Bahnhöfe waren eines seiner Lieblingsthemen gewesen, bei denen er sich in Rage reden konnte. Manchmal vermisste Connie ihren Ex.

Am Platz der Republik staute sich der Verkehr, auch die Straßenbahn musste anhalten. Autos aus allen vier Himmelsrichtungen blockierten die Kreuzung. Grün und Rot wechselten im Halbminutentakt, ohne dass sich etwas bewegte. Der Straßenbahnfahrer ließ seine Hand auf dem Klingelknopf und fuhr Meter für Meter weiter.

Robert würde das Wochenende bei ihr verbringen. Zum ersten Mal würden sie nicht in einem wunderbar gelegenen Landgasthof oder einem Vier-Sterne-plus-Hotel nebeneinander aufwachen, sondern bei ihr in Bockenheim.

Der ICE aus Köln hatte zwölf Minuten Verspätung. Connie kaufte sich am Kiosk noch eine *Brigitte Woman* und ein Rätselheft. Sie wartete wie verabredet am Anfang des Bahnsteigs, neben dem Fahrplankasten. Sie war aufgeregt. Sie war froh.

Der Zug fuhr ein, und binnen weniger Augenblicke war der Bahnsteig überfüllt. Connie stellte sich auf die Fußspitzen. Zum Glück grüßte Robert sie schon vom Weiten durch ein Winken mit seinem Hut. Sie winkte zurück, die Zeitschrift in der Hand.

Sie umarmten sich, schauten sich einen Moment an und wiederholten die Umarmung, fester und einige Sekunden länger. Sie gingen Hand in Hand zum Hauptausgang des Bahnhofs. Connie konnte sich nicht erinnern, wann sie mit Andreas, ihrem Ehemaligen, zuletzt Händchen gehalten hätte. Abgesehen von ihrem letzten gemeinsamen und sehr schönen Abend im *Dicken Daumen*, im Sommer vor zwei Jahren.

Manchmal konnte Connie gar nicht glauben, dass aus der allmorgendlichen Zufallsbekanntschaft am Strand von Vieux Bourg so schnell eine tiefe Zuneigung und befriedigende Liaison geworden war. Eher schicksalhaft als gewollt, weder gezwungen noch gehetzt.

Als Robert vorschlug, ein Taxi zu nehmen, bestand Connie darauf, mit der Straßenbahn zurück an die Bockenheimer Warte zu fahren. Robert sollte sich ihrem Zuhause, ihrem Stadtteil, dem Viertel, der Haustür am Kurfürstenplatz so nähern, wie sie es tat. Natürlich kannte Robert, der viele Jahre im Immobiliengeschäft tätig gewesen war, die Stadt. Aber eben nur das Bankenviertel, die Messe, die Kennedyallee, Sachsenhausen, das Museumsufer, den Flughafen und das Stadion – er war FC-Köln-Fan, was Connie, die an Fußball nicht interessiert war, nicht störte. In den Augen von Andreas war dies ein Minuspunkt gewesen, einer, den er gegenüber Connie hatte laut äußern dürfen.

An der Warte stiegen sie aus, passierten das alte Unigelände, gingen durch die am Freitagabend immer noch belebte Einkaufsmeile Leipziger Straße und erreichten nach weiteren fünf Minuten den Kurfürstenplatz.

Connie bewohnte immer noch die ehemals mit Andreas und den beiden Mädchen geteilte Vier-Zimmer-Wohnung. Ihr Ex lebte mittlerweile fest und ausschließlich in der Bretagne. Nora, die große Tochter, war vor einigen Jahren ihrer Lebenspartnerin Maxi in die USA gefolgt, und Anna, immerhin auch bald zwanzig Jahre alt, machte eine Ausbildung im Osten.

Manches Mal schloss Connie kurz die Augen, um sie gleich wieder zu öffnen. Sie wollte sich vergewissern, ob es wirklich wahr war: Anna, ihr Liebling, ihre Kleine, würde sie bald zur Oma machen. Connie konnte es kaum fassen. Nicht nur, weil Annas komplizierte Geburt und die für das Baby schweren Monate danach sie seit zwanzig Jahren verfolgten. Nein, auch sie selbst war seitdem zwanzig Jahre älter geworden. Sie schaute bei diesem Gedanken jetzt immer häufiger an sich hinab, bewegte Arme, Finger und Beine oder schaute, falls sich die Gelegenheit bot, in einen Spiegel.

Auch jetzt wieder, im Flur der Wohnung am Kurfürstenplatz. Sie sah eine fast sechzigjährige

Frau, die sich wieder verliebt hatte und durchaus ansehnlich war. Das sagten viele Bekannte, nicht nur ihr Liebster und ihre Töchter. Auch sie selbst dachte das. Doch das Mädchen, ihre zukünftige Enkelin, das gehörte auch zur Wahrheit, würde eine *alte* Oma bekommen. Viele Frauen wurden spätestens mit fünfzig Großmutter, manche sogar schon mit vierzig plus irgendwas. Sie hatte Nora mit zweiunddreißig und die Kleine mit fast vierzig geboren. Es hatte sich so ergeben. Und nun war sie, bei allem Werbegequatsche von *Best Agern,* eine alte Frau, die sich manchmal sogar noch älter fühlte.

Zum Glück gab es Robert. Robert, der sie auch jetzt ablenkte und einen Teil ihrer Aufmerksamkeit forderte. Er stand vor ihrem Bücherregal, bewunderte das alte Klavier, fragte nach dem Maler der blassgrünen Hügellandschaft. *Apitz*, rief ihm Connie aus der Küche zu.

Sie hatte ein leichtes Abendessen vorbereitet. Aubergine, Tomaten, Mozzarella, Hartkäse, Salami, Oliven. Dazu einen kleinen Salat. Robert bot an, ihr beim Auftragen zu helfen. Connie lehnte dankend ab, er möge aber bitte seinen Wein auswählen. Sie nehme den offenen *Lugana* im Kühlschrank. Dort stehe auch noch ein Pfälzer *Grauburgunder*. Die Rotweine lägen im kleinen Weinregal unter der

Arbeitsplatte. Und, ja doch, das Weißbrot könne er aufschneiden.

Connie genoss es, eine Bitte zu äußern, ein Angebot abzulehnen, einen Rat zu erteilen oder zu erfragen. Ohne großes Aufheben, ohne ein überflüssiges oder zweifelndes *Warum*. Wie sehr hatte sie den stillen Druck, die permanente Hetzerei, das schweigende Ertragen, die heimlichen Erwartungen immer gehasst. In den Kinderjahren der Töchter, im Küchenchaos, wenn große Essen mit Freunden vorbereitet wurden, oder vor der Abreise mit Mann und Maus in die Bretagne. Jetzt hatte sie die Ruhe, nach der sie sich so oft gesehnt hatte, manches Mal unter nächtlichen Tränen. Meistens hatte sich das Unglücklichsein hinter kleinlichem Gezeter und verletzendem Streit um banale Dinge versteckt. Streit und Gezeter gab es nicht mehr, nicht mehr mit den ihr Liebsten. Sie lebte allein.

Robert wusste nicht, für wie viel Glück er verantwortlich gemacht wurde. Er genoss das Abendessen, den 2005er *Barbaresco*, das Zusammensein mit Connie. Der zweiundsechzigjährige Rheinländer konnte viele Erfolge vorweisen, nicht zuletzt geschäftliche. Sein ganzer Stolz galt aber heute dem Mut, vor zwei Jahren die

Frühschwimmerin angesprochen zu haben, der er bereits im Sommer zuvor eines Tages zugewunken hatte. So, wie man es gegenüber freundlichen Menschen tat, denen man Tag für Tag bei ein und derselben Gelegenheit begegnet. So hatte er Connie kennengelernt. Vor zwei Jahren also die ersten kurzen, auch belanglosen Gespräche. Ein zufälliges Treffen in Erquy. Sie hatten aus ihrer gegenseitigen Sympathie keinen Hehl gemacht. Sie mochten sich.

Robert war dann sogar Gast im *Dicken Daumen* gewesen, Connie hatte ihn kurzentschlossen zum großen Abschiedsessen am Saisonende eingeladen. Auch Andreas hatte den *Borsalino*-Träger sympathisch gefunden, genährt von der gleichen Erleichterung, die Connie empfand, als die Wahl ihres Ehemanns auf Gwenn gefallen war. Noch im selben Jahr war Connie die Geliebte des Kölners geworden und Robert ihr Geliebter. In einem Strandhotel in Zeeland waren sie erstmals nebeneinander eingeschlafen und aufgewacht.

Unverhofftes Glück, das sie miteinander teilen wollten.

Nach dem Abendessen schmiedeten Connie und Robert Pläne. Reisepläne. Andreas hatte das Haus am Cap nun doch nicht verkauft und Connie angeboten, dort einige Wochen zu verbringen. *Auch gemeinsam mit dem Kölner.* Eine Option für den Sommer? Connie und Robert waren unschlüssig und sich in ihrer Skepsis einig. Ostern könnten sie im Süden verbringen, in Andalusien oder auf Sizilien. Robert kannte beides gut, Connie wollte schon immer einmal auf die Insel. Der Herbst sollte Lissabon und Porto gehören. Für die Städtetour durch Flandern würden sie spontan irgendeine als sonnig vorhergesagte Woche wählen.

Nur die Finanzkrise, die jetzt als Eurokrise ihre dramatische Dauerfortsetzung gefunden hatte, konnte den Reiseplänen einen dicken Strich durch die Rechnung machen. Das sagte auch Robert, der nie zuvor in seinem Berufsleben, sah man von der kurzen Zeit der Wendeturbulenzen ab, so viele Nachtstunden und Wochenenden am Telefon oder Computer verbracht hatte. Die Halbwertzeit von Entscheidungen war immer kürzer geworden und das Geschäft mit Betongold zum Glücksspiel.

Connie und Robert sahen sich im Fernsehen noch einen armenischen Spielfilm an. Sie hatten beide die Füße hochgelegt, auch als Zeichen der Vertrautheit. Der Film war fast zu Ende, als Connie auf Benno zu sprechen kam. Sie wusste selbst nicht, warum die Schroffheit der Bergwelt und die Weite ihrer Täler, der von Eseln und Lastkraftwagen aufgewirbelte Staub und die atemberaubende

Schönheit der weiblichen Hauptfigur sie an Benno denken ließen. An seine wortkargen Berichte aus Jugoslawien, damals, zu Beginn der Neunzigerjahre. Auch Bruchstückhaftes, Wirres, das jedes Mal Anlass zum Streit mit Andreas gab. Connie lief es kalt den Rücken herunter.

Sie machte eine kurze Bemerkung, mehr für sich selbst als für Robert. Doch Robert schaute sie fragend an. Er hatte den Namen bei seinem ersten und zugleich letzten Besuch im *Dicken Daumen* gehört. Nicht von Connie, da war er sich sicher. Von Andreas? Oder hatte ihn Dora, Connies alte Freundin, erwähnt? Robert war unschlüssig. Was er dagegen genau erinnerte – jetzt suchten sich seine Gedanken ihren eigenen Weg –, war der sehr kurze rote Lederrock, den die Ärztin getragen hatte. Und dass Dora wohl früher, sehr viel früher, mit jenem Benno eng liiert gewesen sein musste. Noch als Studentin.

Connie klärte Robert auf, der so erfuhr, dass Benno – *Andreas' ältester und sehr enger Freund!* – seit Mitte der Neunziger spurlos verschwunden war. Connie beließ es bei dieser Bemerkung. Robert fragte nicht nach, bemerkte aber die plötzliche Unruhe in den Augen seiner Liebsten. Sie schauten sich den Film trotzdem bis zum Ende an. Anschließend saßen sie noch eine Weile beim Wein zusammen. Im

Hintergrund lief Hotelbar-Jazz. Sie sprachen wenig miteinander.

Als sich das Paar gegen Mitternacht aufmachte, schlafen zu gehen, ergab es sich, dass Robert ins Gästezimmer, das immer für Anna bereitgestanden hatte, ging, um seinen Kulturbeutel aus der dort abgestellten Reisetasche zu holen. Als er aus dem Badezimmer zurückkam, überraschte ihn Connie im Flur mit einem flüchtigen Gutenachtkuss auf die Wange. Sie löschte noch das Licht und stand in der Tür zu ihrem Schlafzimmer. Sie hob die Schultern und hielt ihre betenden Hände vor das Gesicht. *Ich werde es dir vielleicht irgendwann erklären können, mein Liebster.* So las Robert die Geste.

Die Schlafzimmertür blieb eine Hand breit offen. Robert wünschte Connie ebenfalls eine gute Nacht.

Am nächsten Morgen ging Robert früh aus dem Haus und schlenderte durch die langsam erwachende Leipziger Straße. Er ging bis zur Warte, kehrte um und marschierte von dort bis zum anderen Ende, wo die Einkaufsstraße in Gassen des ehemaligen Ortskerns von Bockenheim überging.

Auch im Rhein-Main-Gebiet war es die vergangenen Tage richtig kalt geworden. Robert knöpfte recht bald den Mantel bis oben zu und schlang seinen Schal zweifach um den Hals. Er besorgte auf dem Rückweg einen Blumenstrauß und frische Brötchen. An einem der Stehtische in der Bäckerei nahm er einen Espresso und blätterte in der ausliegenden *FR*. In Washington und Berlin hatten die Parlamente unfassbar umfangreiche Konjunkturpakete beschlossen. Bevor Robert sich in Richtung Kurfürstenplatz aufmachte, checkte er noch seine beiden E-Mail-Accounts.

Da er keinen Wohnungsschlüssel hatte, musste er klingeln. Connie öffnete ihm. Dicke Socken, nackte Beine, eine grobe Strickjacke über dem Nachthemd. Er wollte sich für die unvermeidbare Störung entschuldigen, als Connie ihn kopfschüttelnd in die Arme schloss. Ihr Gesicht strahlte. Sie nahm ihm die Blumen und die Brötchentüte ab, küsste ihn, half ihm aus dem Mantel und zog ihn durch den Flur in ihr Schlafzimmer.

Dora

MALLORCA, 3. APRIL 2010

Ihre Schreie waren bis hinunter zum Rhein zu hören gewesen. Am Winterhafen schreckten die Straßenkehrer auf. In der Wohnanlage wurden nach und nach einige Gardinen zur Seite geschoben und ein Fenster geöffnet. Der Zeitungsausträger hatte nach oben geschaut, doch auf keinem Balkon war etwas Ungewöhnliches zu erkennen gewesen.

Die Telefonverbindung war schlecht, das Englisch des Anrufers noch schlechter. Dora hatte sich aus ihrem Bett gequält. Ihr Handy zeigte 5:22 Uhr an, als sie das Gespräch angenommen hatte. Eine ausländische Telefonnummer, ein Rauschen über Tausende Kilometer.
Franky lag in Palma schwerverletzt im Krankenhaus. Er habe vor drei Tagen einen Unfall gehabt. Mit dem Rad. Bei Calviá. Ein Zusammenstoß mit einem Kleinlaster. Mehr könne man nicht sagen. Die Untersuchungen dauerten an. Erst gestern sei ihre Telefonnummer in Señor Paucks Papieren

entdeckt worden, in einer alten Gürteltasche zwischen Kassenbons, Visitenkarten und Notizzetteln. *Im Notfall zu benachrichtigen.*

Dora war wie eine verängstigte Katze durch ihr Appartement gehetzt. Ohne Ziel. Sie hatte geschrien, geschrien und geschrien. Bis sie außer Atem war. Oder hatte sie schon allen Schmerz herausgeschrien? Sie hatte eine schnelle Dusche genommen, ließ einen Espresso aus der Maschine tröpfeln und warf wahllos einige Kleidungsstücke in ihr Bordcase. Sie schrieb ihrer Mitarbeiterin eine *WhatsApp*-Nachricht, erklärte, dass sie für die nächsten Tage nicht erreichbar sei. Sie buchte für den 7:25-Uhr-Flug einen der letzten Plätze in der Business-Class, raste auf dem Weg zur Weisenauer Brücke über zwei rote Ampeln und war 6:50 Uhr in Frankfurt am Gate. Als die *Lufthansa*-Maschine nach zwei Stunden in Palma landete, hatte Dora ein pappiges Sandwich, einen starken Kaffee und einen Cognac intus.

Sie nahm ein Taxi, das sie an das andere Ende der Stadt brachte. Es war noch nicht 11:00 Uhr, als Dora an der Rezeption der Klinik nach Frankys Station und Zimmernummer fragte. Die junge Empfangsdame gab den Namen ein, schaute kurz auf, vergewisserte sich bei Dora nochmals nach der richtigen Schreibweise des Namens, fragte nach dem

Geburtsjahr. Diese Ewigkeit dauerte keine zwanzig Sekunden. Die junge Frau telefonierte und bat Dora, hier nebenan, in Raum 012 zu warten. Gleich werde jemand kommen und sich ihrer annehmen.

Dora sollte nach der folgenden halben Stunde nicht mehr wissen, als sie bereits sechs Stunden zuvor von dem anonymen Polizisten erfahren hatte. Sehr hohe Geschwindigkeit bei einsetzendem Regen, Zusammenstoß in einer Kurve, auf der Gegenfahrbahn. Der Unfallgegner sei langsam gefahren und habe trotzdem nicht mehr bremsen oder ausweichen können. Das Rennrad war dagegen regelrecht aus der Kurve geschossen, geradeaus. Ein Frontalzusammenstoß.

All das interessierte Dora nicht.

Der Arzt äußerte sein Bedauern. Nein, sie könne den Patienten nicht sehen. Vielleicht morgen oder übermorgen. Die Klinik werde sie informieren.

Dora entschied erst auf dem Weg zum Taxistand, sich in Frankys Hotel in Santa Ponça einzuquartieren. Sie hatte diese naheliegende Wahl vorher nicht erwogen. Zwanzig Minuten später betrat sie das weitläufige, gläserne Foyer des *Sentido Punta del Mar*. Sie wurde sofort von dem großartigen Ausblick auf das Meer gefangen genommen. Und wieder war ihr das Naheliegende fern. Sie fragte nicht nach Frankys Zimmer.

Dora bezog eine Junior Suite und legte sich für einen Moment auf das Bett. War sie eingenickt? Zum zweiten Mal an diesem Tag wurde sie von ihrem Smartphone aus dem Schlaf gerissen.

Franky war um 14:03 Uhr verstorben. Der Arzt sprach ihr sein Beileid aus.

Diesmal schrie Dora nicht. Sie weinte, schluchzte, rang nach Luft. Sie warf sich wieder aufs Bett, drehte sich von einer auf die andere Seite, lag auf dem Bauch, den Kopf unter den Kopfkissen verborgen. Plötzlich machten sich Schwere und Ruhe in ihr breit. Sie sank wie ein großes Stück Fels auf den tiefen Grund des Meeres, aber langsam, ja schwerelos.

Dora stand auf, sah das gespenstische Etwas in der Spiegeltür des Schranks, ging darauf zu. Sie drehte um. Öffnete die gläserne Schiebetür zum Balkon. Schaute auf das leichte Kräuseln des Wassers. Sie lehnte sich weit über die Brüstung. Nur die Zehenspitzen des linken Fußes berührten noch den kühlen Beton. Nach Gero hatte sie nun ihre zweite große Liebe verloren.

Dora genoss die prasselnde Dusche für lange fünfzehn Minuten. Eine Leinenhose, Sandalen, das sehr weite T-Shirt aus Cancun. Sie konnte sich immer noch ohne BH sehen lassen. Mit einem kleinen Handtuch rubbelte sie ihr feuerrotes Haar.

Sie fuhr mit dem Aufzug hoch in die *BlueSkyBar*. Kein Hotelgast, weder drinnen noch draußen. Nur ein junger Mann hinter dem Tresen, der aufsah, als Dora sich ihm näherte, und seinen Blick nicht mehr senkte. Er wischte jetzt, es war ein Automatismus, mit einem Tuch über das Metall.

Dora begutachtete die Batterie Flaschen hinter dem Barmann. Erst jetzt bemerkte sie in der Spiegelwand, dass sie ihr Haar nicht geföhnt hatte. *Egal.* Sie lächelte dem jungen Mann zu und wählte einen *Cardenal Mendoza*. Luiz, das besagte sein Namensschild, schob den bernsteinfarbenen Brandy über die Theke. Dora sagte *Gracias*, nannte ihre Zimmernummer und unterschrieb mit dem kurzen Stift auf dem kleinen Gerät. Dora bedankte sich noch einmal, *Muchas Gracias*, und zwinkerte Luiz zu. *Auch egal.* Sie betrank sich. *Alles egal.*

Sonja

BERLIN, FRÜHSOMMER 2009

Nun also doch der Abschied, der endgültige. Wieder eher lautlos, sich lange ankündigend, am Ende so unspektakulär wie das Wolkenband über dem Häusermeer. Und alternativlos.

Andreas hatte sich für seine Neue entschieden. Gwenn mache ihm Mut, bringe Unbekanntes in sein Leben, ja, fordere ihn auch. Was anstrengend sei, *natürlich*. Viele Worte, wie immer. Sonja las seine Sätze als Worte des Abschieds von Connie. Und sie nahm sie als letzten Anstoß für ihren Abschied von Andreas. Sie korrigierte sich: für den Abschied von einer Zukunft mit Andreas.

Seine Ehe, seine lange Beziehung zu Connie, seine Liebe zu Connie, zu den beiden Töchtern, seine kleine Familie hatte sie immer hingenommen. Respektiert. Nur diese Frankfurter Idylle, die so nicht genannt wurde, und nichts anderes hatte ihr und Andreas im Weg gestanden. Sonja hatte dies zumindest immer angenommen.

Sonja nahm Abschied von einer ewigen Illusion und fragte sich, warum es der Entscheidung ihres Gefährten und Geliebten für die Bretonin bedurfte, um die Illusion zum Platzen zu bringen. Was hatte sie auch erwartet. Auf Platz eins vorzurücken, einfach so, als sei dies selbstverständlich? Sie würde die Nummer zwei bleiben. Im Grunde genommen war sie sogar zurückgefallen auf die drei.

Sie war auf der zwei gestartet, als sie Andreas in den Achtzigern kennengelernt hatte. Sie war bald seine *Ossifrau* geworden wie er ihr Wessi. Sie hatten beide etwas davon. Informationen, Wissensvorsprung, Kontakte. Er als Journalist, sie als Wissenschaftlerin. Beide als heimliches, immer gefährdetes Liebespaar. Sie machten das Machbare daraus. So dachten sie. Die so genannte Wende hatte sie trotzdem kalt erwischt, nicht unbedingt überrascht, aber dann doch stürzen lassen. Der fundamentale Unterschied: Für Andreas waren es vorwiegend Kopfkatastrophen, das Platzen von Illusionen, das Zerbröseln von Überzeugungen. Das Ende der Utopie war zum Begräbnis seiner Träume geworden. Die Zukunft, auch seine, musste neu geschrieben werden.

Für Sonja war es das wirkliche Leben, dem der Boden unter den Füßen weggezogen worden war. Der Himmel war herabgestürzt. Die Räume und

Leitplanken ihres Lebens sollten von heute auf morgen verschwinden. Mit ihrem Land war ihre eigene, persönliche, aus tausenden Einzelheiten bestehende Vergangenheit infrage gestellt worden.

Heute wusste Sonja: Darüber hatten sie und Andreas sich entzweit. Trotzdem hatten sie es geschafft, zusammen mit Benno, dem Fotografen, diesen sehr schönen Fotoband zu produzieren. War es ein letztes Aufbäumen ihrer Gesinnung und ihrer Vertrautheit gewesen? Ein neuer Strauß Hoffnung und Illusion, der dann doch schnell welkte?

Jetzt, bald zwei Jahrzehnte nach den Monaten und Wochen, in denen an einem Tag alles möglich, am nächsten alles verloren schien, lag dieser Taumel weiter denn je zurück.

Sonja hatte auf ihre Art versucht, den Abgründen zu entkommen. Zehn Jahre hielt sie die Verwerfungen direkt vor der Haustür noch aus, die Abwicklung des Akademiebetriebs, die hochglanzträchtigen Zerstörungen rund um die Schönhauser und die Prenzlauer, das Plattmachen der widerspenstigen Tacheles-Kultur. Dann entschied sie, sich selbst in die Höhle des Löwen aufzumachen. Sie bewarb sich in Oldenburg und Bremen und ergatterte eine befristete Anstellung an einer privaten Hamburger Hochschule. Den Jahrtausendwechsel hatte Sonja an der Alster gefeiert. Als Frau aus dem Westen – *ich lebe in Hamburg* – besuchte sie in den folgenden Jahren die Loire-Schlösser, Oberbayern, Venedig und das Mittelrheintal. Ziele, von denen sie immer geträumt, oder von denen Andreas geschwärmt hatte. In die Bretagne war sie niemals gelangt.

Nach sechs Jahren war sie dann nach Berlin zurückgekehrt. Vieles war ihr fremd geworden. Sie war fünfundfünfzig Jahre alt und fand keine feste Anstellung mehr. Für eine linke Bildungseinrichtung leitete sie einige Seminare, sie half an manchen Tagen in einer Buchhandlung aus und sie lektorierte ab und zu sozialwissenschaftliche Dissertationen.

Ihr zweigeteiltes Krimi-Projekt hatten Andreas und sie kürzlich begraben. Schnell und schmerzlos. Andreas hatte einerseits den Hausverkauf und den dann anstehenden Umzug vorgeschützt, andererseits hatte er angedeutet, ein anderes Buchprojekt interessiere ihn jetzt mehr.

Sonja hatte nicht weiter nachgefragt. Andreas Bemerkung, seine Entscheidung berühre ja nicht ihren Lettland-Krimi, hatte sie ebenfalls kommentarlos zur Kenntnis genommen. Andreas' entsprechende E-Mail hatte sie unbeantwortet gelassen.

Als sie in den Tagen darauf ihre Notizen, Mitschriften und Tonbandaufzeichnungen sortierte und das meiste davon entsorgen wollte, war ihr auch ein Karton mit hektografierten Aufrufen, Zeitungen mit Nacktfotos, Eintrittskarten für Hoteldiscos, Kontaktanzeigen, Zettel mit aktuellen Schwarzmarktkursen und Speisekarten aus Restaurants in die Hände gefallen. Recherchefundstücke aus den turbulenten Jahren um 1990, die Andreas von einer Journalistenreise nach Moskau, Riga und Tallin mitgebracht und aufbewahrt hatte. Vor zwei Jahren hatte er das gesamte Paket Sonja übergeben. *Hintergrundmaterial für deinen Krimi.*

Sie hatte Laura, der Buchhändlerin, der sie ab und zu half, von dem schon gelbstichigen und zerfleddernden Material erzählt. Laura schlug vor, statt des Krimis einen Band mit Reportagen zu schreiben. Das Interesse am Baltikum wachse, gerade im Westen. Wenn auch mehr an den leuchtenden als an den dunklen Seiten. *Sei's drum.*

So war Sonja 2008 und im Frühjahr zweimal in Lettland gewesen. Sie hatte in Riga und Jūrmala recherchiert, sich in Kneipen der Altstadt, im Russenviertel, in den Markthallen rumgetrieben, mit Polizeibehörden und Lokaljournalisten gesprochen. Auch Neureiche in alten Villen hatte sie befragt. Sie hatte viel fotografiert. An der Illustration sollte der

Band nicht scheitern. Wenn das Projekt Konturen angenommen haben würde, konnte sie vielleicht sogar ein weiteres Mal nach Lettland reisen und Szenen des Landlebens einfangen.

Sonja setzte sich an ihren Schreibtisch, nahm ein weißes Blatt und hielt die nächsten erforderlichen Schritte fest.

Ihr fielen in den nächsten fünfzehn Minuten acht Aufgaben ein, die sie bis Ende des Monats erledigen oder zumindest anpacken wollte. Zwei strich sie wieder, zwei neue fügte sie hinzu. Die mit einem Sternchen versehenen Zeilen waren besonders wichtig, was nicht zwangsläufig hieß, dass es die dringendsten waren.

Sonja hatte einen Plan. So hatte sie immer gearbeitet.

Andreas

Fréhel, September 2009

Sollte er das alte Waschhaus dauerhaft vermieten? Als Chambre d'hôtes, als Gîte? Der *Dicke Daumen* war wie zu erwarten viel zu groß für ihn. Ein großzügiges Anwesen, immer gewesen, auch wenn es als Feriendomizil genutzt worden war, und die Familie komplett und Freunde zu Besuch waren. Selbst bei voller Belegung konnte man immer noch irgendwo ein ruhiges Plätzchen finden. Ein Sehnsuchtsort voller Leben. Davon hatte Andreas immer geträumt. Und davon konnte er nicht lassen.

Jetzt machte das Haus am Cap einen verlassenen und öden Eindruck. Andreas war nun schon im zweiten Jahr der einzige Dauerbewohner. Connie war nie mehr zurückgekehrt, trotz seiner Einladung, ja seiner Bitte. Nora war weit weg. Auch Anna löste sich immer mehr von der nicht mehr zusammenfindenden Familie. Auf Sonja konnte er wohl endgültig nicht mehr hoffen, auch diese vertrackte Geschichte war zu Ende gelesen.

Nur Dora und Franky waren im Herbst vergangenen Jahres für einige Tage aufgekreuzt. Schwierige Tage, wie sich herausstellen sollte. Franky hatte das Rennradfahren entdeckt, Dora trug eine Last mit sich herum, über die sie nicht hatte sprechen wollen.

Sonst gab es bisher keine Besuche von Bekannten und Freundinnen aus den frühen Jahren. Gut, einen halben oder Fast-Besuch gab es noch. Fanny, die immer überdrehte Businessfrau, hatte Anfang Mai überraschend einen Kurzbesuch angekündigt – sie hatte angeblich wieder einmal auf Guernsey oder Jersey zu tun – und dann doch im letzten Moment abgesagt. Aus der Begründung war er nicht schlau geworden. Fanny hatte ein Budapester Wochenende ins Feld geführt.

So lebte er nun allein mit insgesamt sechs Schlafzimmern, dem Salon mit Kamin, einem Lesezimmer mit Schreibtisch, einer großen Wohnküche im Haupthaus und einer Kochecke im Waschhaus, zwei Bädern, einem geräumigen Schuppen und Connies ehemals prächtigem, mittlerweile verwilderten Gemüsegarten.

Er war bei seiner Entscheidung, den *Dicken Daumen* nun doch nicht zu verkaufen – weder an Connies Robert noch an einen Fremden –, mit fragloser Selbstverständlichkeit davon ausgegangen, dass Gwenn zu ihm ziehen würde. Doch seine Liebste hatte abgelehnt. Sie war auch nach zwei Jahren noch der Überzeugung, es sei für beide besser, sich Zeit zu lassen. *Zeit wofür?* Andreas fand keine Antwort.

Gwenn behielt also ihr kleines Appartement in der von ihr gemanagten Ferienanlage am Golfplatz. Am Wochenende und in der Regel einmal, selten zweimal unter der Woche stand ihr Cabrio auf dem Hof des *Dicken Daumen*. Das Paar genoss diese Stunden. Auch die Nächte, in denen Andreas am eindringlichsten spürte, dass auch sein Körper unaufhaltsam auf die Sechzig zuging. Doch es waren auch Nächte und Tage, in denen Gwenn ihn Neues lehrte und ihm Neues schenkte. Dafür war er ihr wortlos dankbar.

Am Ende auch für die Idee, sich einen Hund anzuschaffen. Luca, der jetzt gerade einmal zehn Monate alte Wirbelwind, hatte schnell seine Rolle als Hausgenosse angenommen. Er wich Andreas kaum von der Seite, hatte einen festen Platz in der Küche, einen vor dem Kamin und den dritten unter dem Schreibtisch. Der Mischling erfüllte nahezu vom ersten Tag an mit wedelndem Schwanz seine Aufgaben als stummer Gesprächspartner und sich anschmiegender Seelentröster.

Draußen hielt Luca Andreas auf Trab. Erst jetzt, nach einem Vierteljahr, traute sich Andreas, den Labrador-Irgendwas-Mix außerhalb des rundum eingezäunten Geländes frei laufen zu lassen. Nicht immer auf den schmalen Pfaden durch das Heidekraut, doch mittlerweile immer am weiten Strand.

Andreas und der Hündin kam das Saisonende sehr entgegen. Wenn Andreas ein langsames Joggingtempo anschlug, blieb Luca gern dabei und nahezu die gesamte Strecke ungefähr auf der Höhe seines Herrchens. Wenn sie mochten, und Andreas es schaffen würde, konnten sie bis zum Campingplatz laufen. Ging Andreas dagegen nur spazieren, zum Beispiel bei Ebbe zwischen den schroffen Felsen am Fort La Latte, suchte die Hündin ihr Vergnügen mit Möwen und anderen Strandvögeln, bei Schalenresten von Krebsen oder angeschwemmtem Unrat. Mit einer Hundepfeife, deren hohe Töne Andreas selbst kaum noch hörte, und mit nach Käse oder Fisch riechenden Leckerli ließ sich seine Mitbewohnerin dazu bewegen, ihre Suche oder ihr Spiel zu unterbrechen.

Es stand damit fest: Andreas würde nach Jahren der Abstinenz wieder mit regelmäßigen Läufen beginnen. So wie er sich dafür entschieden hatte, die aus Jules Bouchards Nachlass übernommenen Tagebuchaufzeichnungen, Papiere der Militärverwaltung, Flugblätter des Widerstands sowie die Fotos und die Postkartensammlung ein weiteres Mal zu durchforsten. Vielleicht würde er das von Jules immer nur im Kopf geschriebene Algerienkrieg-Buch zu Papier bringen, stellvertretend.

Doch sein ehemaliger Nachbar hatte ihm nicht nur über hundert Jahre alte pornografische Postkarten und zwei Dutzend Fotoaufnahmen von vor nur wenigen Jahrzehnten geschehenen Gräueltaten hinterlassen. Er hatte Andreas, und das gehörte noch mehr zu dessen Erinnerung an den liebenswürdigen alten Mann, auch gezwungen, sich selbst zu befragen. Jules Bouchard hatte ihn gedrängt, immer Zweifel an festen Überzeugungen und an vermeintlichen Gewissheiten zu haben. *Bleibe neugierig, scheue keinen Umweg!*

Jules hatte von Scham, Schuld und Demut gesprochen, wie es gegenüber Andreas so noch niemand getan hatte.

Benno

Krim, 19. März 2014

Sergej und Nadeshda hatten eingeladen. Nachbarn, Arbeitskollegen, Veteranen aus dem Heim in Jalta waren gekommen. Wie die Gastgeber waren die meisten Gäste – abgesehen von den ehemaligen Offizieren – zwischen vierzig und fünfzig Jahre alt. Auch zehn oder fünfzehn Kinder fanden zwischen den bald fünfzig Erwachsenen ihren Spaß. Ausländer waren zu hören, Österreicher, Serben, Türken. Unter ihnen Benno, der *Nemetskiy*, der vor einigen Monaten im Gartenhaus der Romanowschen Villa unweit der *Komsomolskaja* untergekommen war.

Benno stand bei Sergej und dessen früherem Schulkameraden Wanja, der mittlerweile drüben in Krasnodar lebte. Hinzu trat Lena, Sergejs Schwägerin. Fast noch ein Teenie, der Benno in bemüht korrektem Deutsch freundlich begrüßt hatte.

Benno waren die hohen Wangenknochen, die Stupsnase und der breite Mund in die Augen gesprungen. Er wollte die Ähnlichkeit nicht wahrhaben. Die verglichen mit all den anderen Frauen auffallend schmächtige Schwester Nadeshdas war dazu noch ganz in Schwarz gekleidet. Zwischen all den Pastellfarben der Blusen, Röcke und Kleider. Ein schwarzer Schwan, der vom Vorhof der Hölle zu künden schien. Das Schwarz ihrer Lippen unterstrich diese Mahnung mit jedem gesprochenen Wort, das des Nagellacks mit jeder Geste. Lenas Erscheinung war unwirklich. Lena erinnerte ihn an Maxi.

Das Fest nahm seinen Lauf. Teller und Schüsseln voller Piroggen, Blini, Pelmeni, Salate, Stockfisch, Eier, Eingelegtes, Kaviar. Zwei Suppen, Brote. Auf dem Grill Schwein. Seit dem Vormittag eine Ziege am Spieß. Bier, Wein, Sekt, Wodka. Ein Akkordeonspieler. Ein gelungener Nachmittag.

Sergej schlug eine Trommel und bat um Ruhe. Seine beiden Söhne, dreizehn Jahre alt der größere, neun der kleine, zogen zum Trommelwirbel des Vaters die russische Fahne an einem fünf Meter hohen Mast in die Höhe. Zentimeter für Zentimeter. Der Dreizehnjährige knüpfte das Seil an einen Haken. Beide Jungs verbeugten sich vor der Fahne. Die Gäste klatschten, jubelten, man prostete sich zu, einige Männer schrien Losungen und Bekenntnisse, einige Männer und Frauen stimmten die Hymne der Föderation an. Ein Durcheinander, das nur noch Lärm war und schließlich verebbte.

Es wurde gut gegessen und viel getrunken. Die Partygäste dankten Moskau. Man brachte mehrmals einen Toast auf Putin und die Armee aus, sprach über künftige Geschäfte und die dringenden Veränderungen in der Stadtverwaltung von Alushta.

Die ungezügelte Siegesstimmung und die zunehmende Trunkenheit führten im Seitentrakt der Villa bereits in den frühen Abendstunden dazu, dass zwei sehr teure Kleider Schaden nahmen und Sektflaschen ohne den Umweg über Gläser geleert wurden. Röcke wurden über die Hüften gerafft und Hosen fielen, Strapse klatschten auf weiße Oberschenkel, ein uniformierter Hahn krähte am Fuße eines Himmelbetts. Eine schwere Gardine wurde von der Stange gerissen. Es wurde geschrien, gegrunzt, gestöhnt, gekeucht und gekotzt. Draußen stand der Doppeladler im aufkommenden Wind.

Im Garten feierte die Gesellschaft trotz der Märzkälte bis in den Abend. Benno nahm das Schulterklopfen junger Männer und die Schmeicheleien älterer Frauen gelassen hin. Lena, die Doppelgängerin aus Mariupol, hatte er aus den Augen verloren. Buchenscheite brannten lichterloh in eilig herbeigeschafften Ölfässern. Über den

Hügeln und unten am Wasser erhellten Feuerwerke den Nachthimmel.

Seit dem gestrigen 18. März gehörte die Krim wieder zur Heimat. Ein denkwürdiger Tag.

Philipp

BREMEN, NOVEMBER 2020

Seine Mutter hatte nie, wirklich zu keiner Zeit, Interesse an der früheren Marburger und späteren Bretagne-Clique seines Vaters gehabt. Weder an Bennos ältestem Freund Andreas noch an Connie, schon gar nicht an Dora, mit der Benno während des Studiums für kurze Zeit liiert gewesen war.

Dass sie selbst die erste wirkliche Geliebte Bennos gewesen war, die zudem die tiefsten Spuren hinterlassen hatte, hatte Esther nie begriffen. Vielleicht auch nie begreifen wollen. Obwohl die gemeinsame Zeit, insbesondere der Höllentrip durch Nordafrika, eine Zeit der ungeheuren Raserei gewesen war. Und es war Esther gewesen, die beider Gefühle wie im Fieber befeuert hatte. Geblieben war davon nichts, nichts, was Dritte auf den ersten Blick erkennen konnten. Außer Philipp natürlich, der die lebendige Frucht des Höllentrips war.

All das wusste Philipp aus dem Puzzle bruchstückhafter, nur angedeuteter, geheimnisvoller und zufällig aufgeschnappter Bemerkungen. Sein Halbwissen speiste sich auch aus der nur splitterhaften, verschwommenen Erinnerung an nichtige Streitigkeiten und die abrupte Unterbrechung von Gesprächen, wenn er oder die beiden ebenfalls noch kleinen Mädchen hinzukamen. Vor langer Zeit, in den Neunzigern, in Fréhel und im *Dicken Daumen*. Philipp war als Kind und Heranwachsender oft bei Connie und Andreas zu Gast gewesen, seinen heutigen Schwiegereltern, die seit vielen Jahren geschieden sind.

Viele Personen hatten zum Puzzle seiner Kindheitserlebnisse und zu deren Erinnerung beigetragen: Andreas, Connie, Dora, die Mädchen. In einem einzigen Sommer auch Maxi, die geheimnisvolle Freundin seines Vaters. Ja, auch, man könnte sagen: Sogar sein Vater selbst, der dem Achtjährigen in langen Telefonaten und mit ausschweifenden Erklärungen Halt zu geben versucht hatte. Vergeblich.

Und Esther, seine Mutter, die 1984 den Neugeborenen beschlagnahmt hatte, indem sie die strikte Trennung des Vaters vom Sohn durchsetzte. Nur in den Sommerferien durfte Philipp einige Wochen mit Benno verbringen. Dass der mittellose Fotograf von jeglicher Alimentenzahlung befreit wurde – das war die zweite Seite des Deals gewesen.

Mit achtzehn Jahren hatte Philipp beschlossen, sich auf die Suche nach seinem seit über zehn Jahren verschollenen Vater zu begeben. Er wollte sich auf den Weg machen, ohne dass eine noch so verwischte Spur ihm hätte helfen können. Er hatte Andreas und Connie befragt. Maxi war unerreichbar gewesen. Das Internet hatte ihn viele Nächte gekostet und ihn in seinen unendlichen Weiten doch alleingelassen. In den ausgehenden Nullerjahren hatte Philipp seine vage Hoffnung verglimmen lassen.

Heute wusste Philipp: Sein Vater war wie vom Erdboden verschwunden, nachdem er 1992 zum letzten Mal in Fréhel und dort bei Andreas und Connie zu Besuch gewesen war.

Benno hatte in jenem Sommer schöne Tage und schlaflose Nächte neben Maxi verbracht. Mit Andreas hatte er sich kaum verständigen können. Die Implosionen der beginnenden Neunzigerjahre – Andreas hatte immer darauf beharrt, von *Konterrevolution* zu sprechen – hatten ihre Freundschaft in eine Sackgasse geführt. Zu allem anderen begrub der Beginn des mit Hass und Gemetzel bezahlten Zerfalls von Jugoslawien jede Hoffnung auf Verständigung der beiden alten Freunde. Benno war damals gerade vom Balkan heimgekommen und hatte im Streit mit Andreas darauf beharrt, dorthin *unbedingt* zurückkehren *zu müssen*.

Dabei war die Wiedersehensfreude in diesem Sommer 1992 zunächst groß gewesen. Doch die wie ein Felsspalt in sehr kurzer Zeit unaufhaltsam aufbrechende Distanz war unüberwindbar geworden. Nur viel Zeit, die niemandem gegönnt war, hätte sie zum Miteinander der früheren Jahre zurückführen können. Doch ihnen blieben die notwendigen Umwege verborgen. Die Verwerfungen und Umbrüche – das Unbekannte – nagten an Überzeugungen und an ihrem Selbst.

Allein die Grundfesten ihrer Freundschaft aus Kindheitstagen und die immergleichen Erinnerungen an die Jugendjahre hatten die Sommertage gerettet. In anderer Hinsicht sollte sich eine Rettung als unmöglich erweisen: Das Zeitalter der Wolkenschieber und das Bekenntnis zu diesem waren unwiderruflich an ihr Ende gekommen.

Seine Mutter, das vermutete Philipp heute immer stärker, hatte ihre Zeit mit Benno erst unterdrückt, dann verdrängt. Und nun schien sie fast alles vergessen zu haben. Nur anhand der wenigen Fotos, die geblieben waren, erinnerte sie sich an die Tour durch das Atlasgebirge, an die gemeinsamen Wochen in Bremen, an die ersten Tage nach Philipps Geburt. Manches aus den Folgejahren erinnerte sie nur noch bruchstückhaft, anderes gar nicht. Drei Jahrzehnte gelöscht?

Ihr Sohn war mittlerweile sechsunddreißig Jahre alt, Arzt, Vater. Er lebte mit seiner Jugendliebe zusammen und schipperte ab und zu aufs Meer hinaus. Erzählte Philipp seiner Mutter damit unverständliche, unbegreifbare Neuigkeiten? Sah Esther in ihrem Sohn immer noch bloß das strampelnde, hilflose Faustpfand, um Benno zu demütigen?

Philipp strich seiner Mutter über das dünner gewordene Haar. Sie schwitzte und fröstelte, quälte sich mit einem starken Husten und verlor nach und nach ihren Geschmackssinn. Sie konnte weder ihre verschiedenen Tees unterscheiden noch das geliebte Gebäck wirklich schmecken. Die fette Mettwurst im Grünkohl kannte sie, *aber nicht so*. Das seit dem Frühjahr sich verbreitende chinesische Virus hatte sich offenbar auch Esther ausgesucht. Trotz der Ladenschließungen und Ausgehverbote. Doch was bedeutete das schon. Gegen die ungewohnten Auflagen und den Maskenzwang hatte Esther mit anderen protestiert. Sie hatte erstmals seit bald vierzig Jahren wieder an einem *Sit-in* teilgenommen.

Ein einzigartiges, wunderbares Erlebnis, schwärmte sie gegenüber Philipp, auch von *Erleuchtung und Kraft.* Tanzende Brüder und unbeugsame Schwestern teilten ihr Glück. Ein Geschenk. Ihr wiedererweckter Mut zum Widerstand sei reichlich belohnt worden.

Esther lächelte. Sie dankte ihrem Sohn für den Besuch und bat Philipp, so als habe ein Blitz in ihr Gedächtnis eingeschlagen, sie zu informieren, wenn er *irgendetwas* von oder über Benno erfahre. Das hatte sie noch nie getan. Philipp ging über die Bitte hinweg. Er wollte ihr die plötzliche – gute oder böse – Erinnerung nicht nehmen.

Und, so fügte seine Mutter schwer atmend an, wenn sie wieder auf dem Damm sei, wolle sie mit Philipp drüben im Bürgerpark einen kleinen Spaziergang machen und ihn am Emmasee zu einem großen Eisbecher einladen. *Wie früher.*

Philipp glaubte, in Esthers Augen ehrliche Vorfreude zu erkennen. Dieser Eindruck hielt an, als seine Mutter versprach, sie werde bestimmt bald einmal nach Ueckermünde oder sogar in die Bretagne kommen, um ihre kleinen Enkel zu sehen und ihre Quasi-Schwiegertochter kennenzulernen.

Philipp korrigierte seine Mutter nicht. Er griff nach ihrer Hand und drückte sie. Wehmütig und etwas zu fest. Esther zog die Hand zurück und blickte ihn fragend an. Er lockerte den Griff, fixierte die Stehlampe neben dem Sofa und hoffte, dass die Mutter seine Zuneigung und sein Mitleiden spürte. Ein Ja hätte ihn glücklich gemacht.

Philipp räumte das Geschirr in die Küche. Dann brach er überhastet auf. Er hatte noch sechs Stunden Bahnfahrt vor sich, Umstiege in Hamburg, Rostock und Stralsund inklusive. Er würde erst weit nach Mitternacht zuhause sein. Und morgen wartete der Frühdienst auf ihn. Ein Kuss zum Abschied, ein Winken hinter der Gardine.

Esther holte nochmals die Fotos aus ihrem Schrank. Philipp als Baby auf dem Wickeltisch, im Arm eines schönen Mannes und wie er seinen Buggy schiebt. Philipp mit Schultüte und als Pirat mit Säbel. Ein Strandfoto mit zwei blonden Mädchen. Mit Fahrrad vor einem großen Stein. Das meiste blieb ihr ein Rätsel.

Esther sollte niemals erfahren, wie sehr Philipp seine Mutter sein Leben lang nur als Feindin seines Vaters erlebt hatte. Sie hatte ihn damit gequält, sie hatte ihn mit dem Verlust alleingelassen. Und er hatte sie dafür gehasst.

Doch Esther sollte auch niemals erfahren, wie unwichtig ihm das geworden war.

Anna

Greifswald, August 2016

Sie erinnerte sich an Vieles, sogar an manches aus ihrer frühesten Kindheit. Doch von ihrer eigenen Einschulung gab es zwar ein Foto, aber keine lebendigen Bilder in Annas Kopf und keine Empfindung, die sie jetzt hätte abrufen können. Sie hatte also keinen wirklichen Vergleich. Das Tamtam an Anna-Louisas erstem Schultag ließ sie trotzdem staunend und ratlos zurück.

Kleine Mädchen waren als Miniaturen ihrer Mütter herausgeputzt, wenngleich nur ein ganz klein bisschen geschminkt, doch Glitzer auf den Wangen. Einige Knaben kündigten schon mal via T-Shirt an wie sie spätestens als Zwölfjährige die Schule rocken wollen. Einschulungen hatten mittlerweile unwirkliche Ausmaße angenommen, wie sie schon seit einigen Jahren bei Abiturfeiern üblich waren. Immer mehr, immer exklusiver, immer teurer. Schon Wochen vor den Sommerferien war zum Beispiel die gefragteste Ranzen-Marke ausverkauft. Ranzen, groß wie Tornister, die mindestens 120 Euro kosteten. Für den *Topseller*, den alle haben wollten, musste man im Juni noch 159,90 Euro hinlegen.

Die Erstklässlerbegrüßung war offiziell natürlich kostenlos, doch man erwartete eine großzügige Gabe in den Spendentopf. Das Kinderstreichorchester der Privatschule, zweitplaziert im letzten Landeswettbewerb, spielte Stücke des jungen Mozart. Die Schulleitung stellte zwei Exzellenzinitiativen vor. Der Elternverein hatte ein riesiges Büffet spendiert – der Vorsitzende führte eine bekannte regionale Cateringfirma.

Anna-Louisa ließ sich von ihrer großen Freundin Sophia das Kabinett der Meeresforschung und die Mensa zeigen. Die Mütter, Anna und Milla, schwatzten bei Gemüsesticks und Krabbensalat über Urlaubsziele und die Schulgebühren.

Anna hatte ihre Tochter bereits vor einem Jahr angemeldet, auf Anraten und unterstützt von Milla. Gefordert war ein Stapel ausgefüllter Formulare, die Online-Anmeldung war aus datenschutzrechtlichen Gründen ausgesetzt worden. Und von großem Vorteil sei ein Empfehlungsschreiben, wie es in der Ausschreibung hieß. Dieses hatte Philipp besorgt. Sein Chefarzt war Vater eines Abiturienten des Jahrgangs 2012/13. Mit diesem Schreiben, das mehr die Familie als das Kind empfahl, hatte Anna-Louisas Aufnahme nichts mehr im Wege gestanden.

Anna war zunächst nicht wohl gewesen bei der Vorstellung, plötzlich und ohne viel eigenes Zutun zur Gruppe der Aufsteiger und Neureichen zu gehören, die meistens auch Zugezogene waren. Doch mit dem Umzug nach Greifswald war eben manches verbunden, was den Umzug erst nötig und möglich gemacht hatte. Philipp hatte eine Anstellung am Uniklinikum gefunden, seit einem Jahr war er Assistenzarzt in der Inneren. Anna hatte sich deshalb und angesichts der absehbar besseren Einkommenssituation entschieden, selbst auch Neues auszuprobieren. Nach ihrer mit Auszeichnung absolvierten Ausbildung und vier Berufsjahren als Tierpflegerin verließ sie den Tierpark und wechselte in eine Forschungseinrichtung in Greifswald. Und als würde das Schicksal sie jetzt gleich auf einmal für die schwierigen Jahre entschädigen wollen, hatten Anna und Philipp im sehr gefragten Stadtteil Wieck, direkt am Wasser, eines der kleinen ehemaligen Kapitänshäuser mieten können. Ein schönes Zuhause, dass sie sich zwar nur mit etwas Mühe, aber doch leisten konnten. Ihre Arbeitsstätten erreichten Anna und Philipp mit dem Fahrrad in zwanzig Minuten, und die Schule von Anna-Louisa lag für Philipp auf dem Weg.

Eigentlich war Anna froh, dass ihre Eltern nicht zur Einschulung ihres Enkelkinds angereist waren. Und auch das frischgebackene Schulkind vermisste die Großeltern nicht, die sie eigentlich gar nicht kannte. Nicht von Ansehen, nur von Telefongesprächen. Zum Geburtstag und an Weihnachten hatte Anna-Louisa mit Connie und Andreas telefoniert. Philipps Eltern galten der Kleinen als tot. Sie seien im Himmel, blickten auf ihre Enkelin herab und hätten diese *ganz lieb*, hatte Anna ihrer Tochter geantwortet, als Anna-Louisa nach den Eltern des Papas gefragt hatte.

Sie wäre gern nach Greifswald gekommen, hatte Connie ihre Tochter wissen lassen, doch Robert habe für August eine Nordkap-Reise arrangiert, auf die er sich seit zwei Jahren außerordentlich freue. Und über Weihnachten seien sie bei einem Freund von Robert – *eigentlich mehr ein Geschäftsfreund* – in Kapstadt eingeladen. Vielleicht würden sie noch eine oder zwei Wochen in Namibia anhängen. Robert habe ihr von einer wunderbaren Lodge bei Omaruru vorgeschwärmt, wo er vor über zwanzig Jahren mehrmals gastiert habe. Sie sage das alles nur, damit Anna ihrer Tochter keine falschen Hoffnungen oder gar Versprechungen mache.

Anna hatte aufgehorcht, als Connie Südafrika erwähnte. Die Flugangst ihrer Mutter war offenbar verflogen. Schön für sie. Ob Nora davon wusste?

Anna überraschte auch, wie gesprächig sich ihre Mutter letzthin gezeigt hatte. Doch, ihr gehe es gut, hatte sie auf eine entsprechende Frage geantwortet. *Sehr gut sogar.* Die Arbeit am Pädagogischen Zentralinstitut mache ihr weiterhin Spaß, jetzt wo sie Rentnerin sei und nur noch projektbezogen das tue, was ihr Spaß mache. Als *Freelancerin*, wie man heute wohl sage. Sie könne im Prinzip kommen und gehen, wann sie wolle. Freie lange Wochenenden seien kein Problem, und nur so wären beispielsweise die Reise in die Arktis und die Wochen in Südafrika überhaupt möglich.

Anna entdeckte neue Züge an ihrer Mutter, die immer eher selbstlos und eine große Kümmerin gewesen war. Sie dachte wohl jetzt mehr an sich. Anna fand das gut. Das Wieso konnte sie nicht beantworten. Connie ließ kein weiteres stilles Nachdenken zu. *Doch, doch*, sie werde im nächsten Jahr ganz bestimmt nach Greifswald kommen und ihre Kleine und deren Kleine fest in den Arm nehmen. *Versprochen!*

Anna wurde es der Versprechungen und Neuigkeiten zu viel. Der Form halber und um das Telefongespräch nicht ganz so abrupt zu beenden, fragte sie noch wahllos nach früheren Bockenheimer Nachbarn. Dann hatte sie ihre Mutter weggedrückt ... und sofort eine SMS hinterhergeschickt: Der Reisbrei sei ihr beinahe angebrannt.

Dass Andreas nicht bei der Einschulung dabei sein würde, war seit einigen Monaten absehbar gewesen. Martinique hatte ihm am Ende dann doch nicht gutgetan. Dabei war er vor drei Jahren mit unbändiger Neugier und vielen Erwartungen aufgebrochen. Er hatte sich und anderen viel versprochen. Zum Beispiel wollte er Anna jeden Monat eine kleine Diashow oder einen Videozusammenschnitt per E-Mail schicken. Er hatte es dann nur drei- oder viermal getan. Seine Jungfernfahrt vom Flughafen zur Anlage, eine aufregende, wohl deshalb verwackelte Thunfischjagd und ein Fotoalbum von einem langweiligen Golfwochenende waren die Ausbeute. An die vierte Mail erinnerte sich Anna im Moment nicht.

Ihr Vater hatte auch andere und größere Pläne gehabt. Er wollte endlich sein großes ureigenes Buchprojekt abschließen (Jules Bouchards Algerien-Erinnerungen, *du erinnerst dich?*, habe er verschoben), die Geschichte seiner Familie inklusive entfernterer Zweige. Wenn Anna richtig verstanden hatte, lieferte ihm seit geraumer Zeit eine verschollen geglaubte Cousine dazu interessantes Material.

Gleichzeitig hatte er vorgehabt, in den drei Jahren auf Martinique der Kolonialgeschichte der Kleinen Antillen nachzugehen. Und übermütig, wie er damals war, hatte ihr Vater auch noch damit geliebäugelt, die kreolische Sprache zu erlernen. Die Idee, sich auf Gauguins Spuren von weiblichen Schönheiten inspirieren zu lassen und diese zu malen, hatte er dagegen schnell aufgegeben. Anna, die bereits ewig gleiche Weihnachts-, Geburtstags- und Gastgeschenke fürchtete, bedauerte es nicht. Ihrem Vater fehlte völlig das Talent für Pinsel, Farben und Leinwand.

Anna schaute sich um. Sie war froh. Ihre Tochter hatte Spaß. Erst jetzt fiel ihr auf, dass offenbar auch andere Erstklässler an diesem Tag auf ihre Großeltern verzichten mussten. Kaum jemand der Anwesenden dürfte über vierzig Jahre alt sein. Sie sprach Milla darauf an. Milla wusste, dass die überwiegende Mehrheit, ja fast alle Kinder zu zugezogenen Familien gehörten. Auf diese Schule gingen nur wenige Sprösslinge von Ur-Greifswalder. Und natürlich dominierten unter den Zugezogenen

Wessis, egal ob sie direkt aus Reutlingen, Kassel, Osnabrück oder über den Umweg Prenzlauer Berg in den äußersten Nordosten der Republik gekommen waren. Milla und ihre Tochter Sophia gehörten zur verschwindenden Minderheit der echten Ostdeutschen. Die Maschinenbau-Ingenieurin war zwar auch über den Umweg Berlin-Mitte – und dann Ueckermünde – nach Greifswald gekommen, stammte aber aus Frankfurt (Oder) und war dort groß geworden.

Für Anna war Milla die erste echte Freundin, die sie in den rund zehn Jahren im Osten des Landes gewonnen hatte. Eine Frau, mit der sie auch Persönliches bereden konnte und besprach. Sie nahm sich fest vor, diese Freundschaft zu pflegen.

So war es nicht ungewöhnlich, dass Milla, die in der Fleischervorstadt wohnte, Anna anbot, nach der Veranstaltung Mutter und Tochter zurück nach Wieck zu kutschieren. Bemerkenswert war aber, dass Milla den vorweggenommenen Dank mit der Bemerkung beantwortete, das tue man doch gern *für eine Freundin*. Anna empfand tiefes Glück.

Dem nagelneuen Range Rover schenkte sie dagegen erst einen bewundernden Blick, als ihre Freundin vor dem Kapitänshaus wendete und mit einem dreifachen kurzen Hupsignal grüßend davonfuhr.

Maxi

CHICAGO, 1. JANUAR 2008

Die Enttäuschung würde groß sein, zu groß. Die Enttäuschung würde sich hinter Wut und Tränen verbergen, einem endlosen Strom von Tränen, gespeist aus nicht in Worte zu fassender Wut. Doch Nora würde *ihr* keine Vorwürfe machen. Die Enttäuschung und Ohnmacht würde sie gegen sich selbst richten. Selbstzweifel würden sich ihrer bemächtigen. Das befürchtete Maxi.

Maxi rückte ab von Nora. Nur wenige Zentimeter. Sie versuchte vergeblich, etwas mehr vom Laken mitzunehmen. Ihr Rücken und ihr Po wurden kalt.

Nora, ihre geliebte kleine Nora. Maxi betrachtete die ihr zugewandte Schulterpartie ihrer Freundin. Das so zerbrechliche Schlüsselbein. Die leichte Erhebung, die das Schultergelenk zu krönen schien. Der sanften Übergang zu Nacken und Hals.

Nora schlief fest. Ihr leichtes Atmen ging in unregelmäßigen Abständen in ein kurzes Röcheln über, das in ihrem Mundwinkel klitzekleine Bläschen produzierte.

Die beiden Frauen waren vor gerade mal fünf Stunden nach Hause gekommen. Sie hatten die Silvesterparty am River Point Park um drei Uhr verlassen und waren Hand in Hand durch den in der Neujahrsnacht ununterbrochen fallenden Schnee gerannt. Es waren nur wenige Querstraßen entlang der Abrissgrundstücke, die das irische Musiklokal von ihrem Loft trennten. Sie waren mit dem rumpelnden Lastenaufzug nach oben gefahren, hatten sich umarmt, geknutscht, festgehalten, gelacht, angestarrt und sich ineinander verkeilt, als seien sie eins. Im zweiten Stock dröhnte *Nickelback* aus einem der Lofts, im dritten schob Maxi das Aufzuggitter zur Seite. Von irgendwoher strömte der Duft vereinter asiatischer Küchen.

Nora hatte die schwere Eisentür zu ihrem Loft aufgeschlossen. Mäntel, Schals und Mützen hängten sie an die an einem Stahlseil befestigten schweren Haken, an denen vor wenigen Jahrzehnten noch Felle von Büffeln, Hirsch und kleineren Wildtieren gehangen hatten. Die Stiefel fanden ihren Platz auf zwei verschrammten großen Metallkästen, in denen sich Kürschnerwerkzeuge befunden hatten.

Sie hatten noch eine Dusche genommen, Orangensaft getrunken und Nora hatte eine CD in den Schlitz der Anlage geschoben. Natürlich Pearl Jam.

Maxi schob ihrer Geliebten eine Strähne aus der Stirn, und sie strich mit ihrem Mittelfinger zärtlich über Noras Nasenrücken. So, als dürfe und müsse zwischen Finger und Nase genau ein Zehntelmillimeter Abstand sein, nicht mehr und nicht weniger. Noras linkes Augenlid zuckte, im Mundwinkel wurde ein Bläschen größer und größer, bis es lautlos platzte. Maxi schob ihre Hand unter das Laken und spürte, wie sich auf Noras Babyspeckbauch, auf den kräftigen Oberschenkeln und in der Taille blitzartig Gänsehaut bildete. Jetzt zuckten beide Augenlider. Das Zucken des breiten Beckens wurde ein zitterndes Stoßen. Maxi ließ ihre Hand auf Noras Vulva liegen. Minutenlang. Nora erwachte. Im beiderseitigen Kreisen wurde aus Ellipsen ein und dieselbe ruhige Bewegung.

Sie hatten sich geliebt. Nora hatte Maxis schmale Finger bewundert, betastet, gestreichelt und die schwarz lackierten Fingernägel geküsst. Nora hatte gestrahlt und wollte ihr Glücksgefühl teilen, als Maxi ihr immer kurzatmigeres Stöhnen in einem hellen, klirrenden Jauchzen ausklingen ließ. Sie hatte Maxis volle Lippen mit Spucke benässt und sich an den immer noch knabenhaften Körper ihrer Liebsten geschmiegt.

Für Nora war es bis heute ein Rätsel, dass ihre eigenen kleinen Brüste viel größer und runder waren als die nur pflaumengroßen Maxis. Wo doch Maxi eine schon fünfunddreißig Jahre alte Frau und sie gerade mal Mitte zwanzig war.

Ja, Maxi war alt, dachte Nora. Zumindest, wenn sie rechnete, zurückrechnete, subtrahierte und genau Maß nahm.

Maxi war schon Anfang der Neunzigerjahre in Fréhel zu Besuch gewesen, als eigenartige und schweigsame junge Freundin von Benno, dem besten Freund von Noras Vater. Nora selbst war noch keine zehn gewesen. Sie hatte Maxi bewundert und um die lila Strähne im pechschwarzen Haar ihrer Igelfrisur beneidet. Und sie hatte mit ihr auf einem Fest getanzt.

Nora fragte sich, ob ihre Partnerin manchmal auch über den Altersunterschied nachdachte, den heutigen, den damaligen und den künftigen.

Damals, 1992, hatte Maxi ein Kind beglückt. Mit glitzerndem Modeschmuck, verbotenen Süßigkeiten und dem Gehopse zu später Stunde. Nirwana und *Smells like Teen Spirit,* antwortete Maxi immer dann, wenn Nora auf ihre eindrücklichen Erinnerungen an diesen Abend zu sprechen kam. Ihre Mutter, daran erinnerte sich Nora noch sehr gut, hatte während des *Fest Noz* große Wut auf Maxi gehabt, die Töchter gemaßregelt und am Ende sogar geweint. Connie hatte an diesem Abend, was Nora nicht wissen konnte und niemals erfahren sollte, ihre Ohnmacht, die Missachtung ihrer Fürsorge und Ängste so stark gespürt wie nie zuvor.

Es war die gut gelaunte Dora gewesen, die zum Glück mit banalen Scherzen, schrillem Lachen und dem Vorschlag, noch eine Flasche Cidre zu besorgen, den Streit schnell erstickt hatte.

Nora schmiegte sich an Maxis Rücken. Sie spürte Maxis Po, der sich ihrem Unterbauch entgegenschob, als wolle er ihre Scham für immer besetzen. Ihre Beine verknoteten sich wie Stunden zuvor ihre Körper im Aufzug. Nora streichelte Maxis hohe Wangen, die schwarze Augenpartie, den Hals und die Brüste. Sie flüsterte unverständliche Wortfolgen. Sie küsste Maxi und umarmte ihre Freundin und zog sie zu sich. Sie hielt sie fest, fester als gewöhnlich. Als müsse sie, die Kleine, die Große in Schutz nehmen.

Nora und Maxi gönnten sich ein zweites Mal an diesem ersten Tag des Jahres eine heiße Dusche. Eines Jahres, in dessen Verlauf Hunderte Milliarden Dollar und Euro in wackelnde Großbanken geflutet werden sollten. Sie zogen sich an, öffneten kurz zwei Oberlichter und tranken den Rest Orangensaft. Maxi packte zwei CDs in ihre Manteltasche, PJ Harvey und Rage Against the Machine. Es hatte aufgehört zu schneien. Die Temperaturen lagen knapp unter dem Gefrierpunkt.

Um elf Uhr verließen sie den Backsteinbau und folgten den Stahlträgern der Hochbahn. Auf der anderen Seite des Flusses waren sie zum Neujahrsbrunch verabredet. Museumsleute, Fotografen, zwei Verlagskolleginnen von Maxi und Noras neue Bekannte aus der Videogruppe würden da sein.

Diesmal rannten sie nicht, sondern genossen den blauen Himmel und die Stille am Flussufer. Selbst die Abrissbagger strahlten heute Ruhe aus. Das Viertel würde sich in den nächsten Jahren radikal verändern. Erst auf der Brücke spürten sie den kräftigen, vom See kommenden Wind. Nora und Maxi nahmen sich wieder bei der Hand. Sie waren ein glückliches Paar. Zwei Liebende, die immer noch verliebt waren. Sie stapften durch kniehohe Schneewehen, malten Herzen auf Autos und leerten in einem kleinen Park zwei Tüten Toastbrotreste. Schwäne und Tauben machten sich darüber her.

Maxi kehrte zu ihren frühmorgendlichen Gedanken zurück. Liebe machen und Liebe leben war wichtiger als über ihre Abgründe und Höhen nachzudenken. Und doch tat sie es.

Vielleicht war es gar nicht sie, sondern ihre Kleine, die am Ende, wann auch immer dies sein mochte, eben dieses Ende feststellen und verkünden würde. Nicht Nora, sondern sie selbst würde vielleicht Ohnmacht verspüren. Ohnmacht gegenüber wandernden, suchenden, unzähmbaren Gefühlen. Wahrscheinlich wäre es am Ende einfach der Nachteil der Alten gegenüber der Jüngeren.

Maxi schreckte aus ihren Gedanken auf, als Nora fester zupackte und ihr ein unschuldiges Küsschen schenkte. Sie sah in Noras strahlendes Gesicht. Für Selbstzweifel war jetzt nicht die Zeit.

Dora

Mainz, Oktober 2012

Sie hatten sich getäuscht. Alle. Sie hatten geglaubt, Dora würde vor Scham oder Angst klein beigeben. Man hatte ihr über Umwege mitteilen lassen, dass gewisse Vorlieben und Schwächen, die ja *durchaus menschlich* seien, und über die man kein Urteil abgeben möchte, den Herren bekannt seien. Und leicht bekannter gemacht werden könnten.

Als sie damit keinen Erfolg hatten, wurde Zuckerbrot angeboten. Sie dachten, man könne die Leiterin der Forschungsabteilung III einfach wegkomplimentieren, auf eine Stelle ohne Schreibtisch und ohne Einfluss. Auf ihrer Business Card wäre sie als Senior Consultant mit Sitz in Genf ausgewiesen worden. Aber dazu verpflichtet, nie mehr für die Firma zu sprechen oder in deren Namen tätig zu werden. Strikte Schweigepflicht hinsichtlich des Geschehenen inklusive. Auch diese Vereinbarung kam nicht zustande.

Denn Dora hatte endlich einmal Glück gehabt. Sie hätte sich nach einigen schweren Tagen des

Abwägens und Zauderns mit Genf anfreunden können. Sie hatte bei diesem Gedanken sogar laut gelacht, zuhause, auf ihrem Balkon, mit dem vertrauten Blick auf die Mainspitze.

Doch ausgerechnet an diesem Sommerabend hatte Fanny angerufen und Dora zu einer *intimen Geburtstagsfeier* eingeladen. Wirklich intim. Dora war dann auch tatsächlich eine von nur vier Frauen, die Fanny Mitte September hochleben ließen.

Fanny hatte sich für den Rheingau entschieden und das Kloster Eberbach ausgewählt. *Ich kann es kaum fassen, mein Fünfzigster! Und dann noch in einem Kloster!*

Carola, Pamela, Linda und Dora waren gekommen. Connie hatte abgesagt und einen dreiwöchigen Studienaufenthalt in schwedischen und finnischen Partnerinstituten – *endlich mal raus!* – als Grund genannt.

Die fünf Frauen hatten Spaß. Das Wetter war ihnen wohlgesonnen, spätsommerliche 24 Grad. Einen solch langen Spaziergang, immerhin zwanzig Kilometer, hatte keine der Frauen in den letzten Jahren gemacht. Zum Glück war kein Mann dabei. Niemand war zu schnell und stiefelte ehrgeizig vorweg. Jede war froh gewesen, wenn eine der anderen bat, mal kurz zu verschnaufen. Trotz der

Anstrengung genossen die Fünf die Wanderung vom Kloster nach Johannisberg und zurück. Die Weinberge, das Naschen der blauen und grünen Trauben, der Blick auf den Rhein ließ jede der Frauen kleine Alltagslasten oder dauerhafte Schrammen für ein paar Stunden vergessen. Unausgesprochen, doch einhellig waren sie der Meinung: Schon jetzt hatte sich das Wochenende gelohnt.

Die Rast mit Vesperbrot auf Schloss Vollrads machte Fannys Freudentag endgültig zum Freudentag aller. Sie hatten an diesem Tag erstmals die Gelegenheit, sich etwas näher kennenzulernen. Bis dahin hatte nur Fanny alle Frauen gekannt. Bei Brezeln und Spundekäs wurde viel geredet, das *Du* einfach ausgesprochen, immer mehr gelacht.

Beim abendlichen Festmahl – Fanny gönnte ihren Gratulantinnen einen Abend in der *Adlerwirtschaft* – war dann auch der letzte Rest Scheu verschwunden. Die Runde nahm zur Kenntnis, dass Carola sich als äußerst ehrgeizige Dreißigjährige entpuppte, die bereits jetzt mit der Nachfolge auf Fannys Position liebäugelte. Dass Fannys Kinderfreundin Linda, Lehrerin an einer Waldorfschule im Fränkischen, am Nachmittag noch mit abstrusen Ansichten über Frauenkrankheiten irritiert hatte. Dass Fannys unterhaltsame Bekannte

Dora Leggins trug und sich beim Wein gut auskannte. Dass Pamela, die Frau aus der Chefetage, wenig zur Unterhaltung beigetragen und sich damit begnügte hatte, ein inneres Auftauen zu verspüren. Und dass Fanny gut daran getan hatte, nur wenige geburtstagsfeiertaugliche Freundinnen einzuladen. Alle genossen den wunderbaren Abend.

Erst am folgenden Vormittag, den die Frauen im Wiesbadener Thermalbad verbrachten, hatte Fanny von Frankys Unfalltod und Dora von Fannys Ex-Kanzleikollegen Jo erfahren. Der, so behauptete Fanny forsch, habe viel Erfahrung mit heiklen Angeboten in heiklen Personalfragen. Und er habe Erfolg. In neun von zehn Fällen seien die Streitfälle, selbstverständlich verhandelt hinter verschlossenen Türen, zu Gunsten seines Mandanten – *übrigens überwiegend Mandantinnen* – ausgegangen. Fanny hatte angeboten, falls Dora das wünsche, den Kontakt herzustellen.

Dora hatte das Angebot angenommen. Fanny hatte Recht behalten. Am Ende, das heißt nach vier kurzen Wochen, hatten sich die Artikular Pharma BV und Dora auf den kleinstmöglichen siebenstelligen Betrag geeinigt. Dora wusste, dass sie damit raus war, raus aus der Firma, raus aus der Branche, raus aus ihrem Beruf.

Raus aus ihrem bisherigen Leben. Was blieb Dora? Sie konnte sich vielleicht in ihrem Heimatdorf in der Rhön als Physiotherapeutin niederlassen. So hatte schließlich vor fünfunddreißig Jahren ihre Berufskarriere angefangen, nach dem Umzug nach Marburg, wo sie ihre erste echte Affäre gehabt und später ihr Medizinstudium begonnen hatte. Dort hatte sie Benno, Connie und Andreas kennengelernt. Schon bald danach der erste Zelturlaub in der Bretagne. 1977. Was war davon geblieben?

Dora setzte sich an ihren Schreibtisch, goss sich einen Brandy ein und schrieb Fanny eine Dankeskarte. Dank für das Wochenende im Rheingau, Dank für den Tipp und ein besonderes *Danke* für die tröstenden Worte. Ja, Franky, der sei schon ein geiler Typ gewesen.

Dass sie zu ihrem eigenen nächsten runden Geburtstag, ihrem sechzigsten, in drei Jahren sicherlich mehr Gäste würde begrüßen können als Fanny, schrieb Dora selbstverständlich nicht. Davon hundertprozentig überzeugt war sie schon.

Benno

Muratli, Dezember 2020

Er machte sich einen Spaß aus Pseudonymen. Auch wenn es ihm ernst damit war. Silvio Brandini, Raman Moufagh, Christos Valiadis, Pawel Kortschagin. Malta, Libanon, Zypern, Ukraine. Schriftsteller, Gewürzhandel, Immobilienmakler, Stahlkocher. Nur so hatte er in den Jahren nach dem Balkan-Desaster seine Runden um das Mittelmeer drehen können. Die unerklärten Kriege sowie die alten und neuen Grenzen hatten ihn zum Verwandlungskünstler werden lassen. Nur so konnte er dann unter weiteren anderen Pseudonymen in Palermo, Alexandria, Triest und Barcelona kurzzeitig heimisch werden. Er war mit einem Buchpreis ausgezeichnet worden, hatte sich als Investor feiern lassen, wurde Ehrengast in der VIP-Lounge eines Fußballclubs und hätte beinahe die Tochter eines Bürgermeisters geehelicht.

Er hatte von Esthers Krankheit über die üblichen Kanäle erfahren. Ihr ging es offenbar sehr schlecht, noch schlechter als von Philipp angenommen. Helfen konnte er ihr nicht, auch Philipp nicht. Dass es seinem Sohn, dessen Frau und Kind gut ging, zumindest gut zu gehen schien, beruhigte Benno. Wie sollte er ihnen auch helfen. Anonyme Geldzuwendungen waren nicht mehr üblich. Unterstützung bei Karrieresprüngen benötigten weder Philipp noch Anna. Die beiden schienen sich gut eingerichtet zu haben. Unerwartetes würde sie eher beunruhigen als erfreuen. Am besten würde wohl sein, im Fall des Falles, dann wenn Hilfe wirklich notwendig würde, Ludmilla zu aktivieren.

Benno trank seinen Tee aus, räumte die Tassen und das übrig gebliebene Süßgebäck in den Schrank. Er bat Polina um eine Nackenmassage. Sie gewährte ihm mehr, sie waren Vertraute. Seit vielen Jahren.

Benno und Polina hatten sich in Belgrad kennengelernt, im Bombenhagel des Frühjahrs 1999, und waren kurze Zeit später für wenige Wochen zusammen nach Wien gegangen. Die Spezialistin für Nachrichtentechnik hatte ihm wichtige Papiere besorgt. Noch vor dem Jahrtausendwechsel hatten sie sich trennen müssen. Polina war zurück nach Moskau beordert worden,

Benno konnte auf einem Kreuzfahrtschiff von Triest nach Korfu und schließlich bis Valletta fahren. Sie hatten sich aus den Augen verloren.

Erst vor vier Jahren waren sie wie von den Geisterhänden des Schicksals gelenkt auf dem Flughafen in Batumi regelrecht ineinandergestolpert. Sie hatten sich sofort wiedererkannt, und beide hatten ihrer Freude in Umarmungen, Erstaunen, Küssen und Lachen freien Lauf gelassen. Fragen stellten sie sich erst zwei Wochen später in einem Restaurant am Fährhafen. Drei Tage danach keuchte der Lada Taiga zum ersten Mal die Gebirgsstraße hoch zu Bennos Hütte, und seitdem hatten das Auto und sein Fahrer es unzählige Male wiederholt.

Gleich würde es wieder so sein. Artjom wollte seine Schwester abholen. Benno stellte den Wermut und drei Gläser bereit. Er und Polina hatten noch fast eine Stunden Zeit für sich. Wie sollte all das enden, jetzt am Ende?

Sie saßen schweigend in der Sonne, bis diese nach einer Stunde hinter dem bis dahin glühenden Massiv verschwand.

Fanny

Jersey, September 2018

Ihre schweren schwarzen Schuhe, silbern beschlagen und knöchelhoch, machten Eindruck. So wie früher ihr dicker Zopf die Blicke auf sich gezogen hatte. Jetzt waren lange, selbst nur auf den Schultern aufliegende Haare bei Frauen ihres Alters verpönt. Die Ohren bedeckt, im Nacken frei. Fanny hatte Seref, ihrem Friseur, freie Hand gelassen. Sie hatte sich nur gegen gelockt und für leicht gewellt entschieden. Der Pony reichte nun bis zu den kräftigen dunklen Augenbrauen. Fanny gefiel der mit feinen grauen Strähnchen – einigen echten und einigen zugekauften – durchzogene schwarze Haarschopf.

Fanny trug Ohrstecker mit echten Südseeperlen sowie am Mittelfinger der rechten Hand zwei schlicht anmutende, doch sehr teure Weißgoldringe. Ihre Uhr war eine *AppleWatch*. Im V-Ausschnitt des lachsfarbenen Kaschmirpullovers schimmerte auf der von der Sonne leicht gebräunten Haut eine dünne Kette, ebenfalls Weißgold. Ein Brillant zierte ihren linken Nasenflügel. Ihre schmalen Lippen glänzten dezent.

Ein breiter Gürtel betonte die bis heute mädchenhafte Taille. Die hautenge Lammlederhose ließ ihren Po fester und Fanny noch schlanker erscheinen. Vor allem, wenn sie wie jetzt in ihrem Sessel etwas nach vorn rutschte und die Beine von sich streckte. Sie mochte dieses, wie ihre Mutter seit der Tanzstundenzeit geschimpft hatte, *wenig damenhafte Sich-Fläzen* auch jetzt noch, mit sechsundfünfzig Jahren.

Fanny wippte mit den Füßen. Sie hatte Kopfhörer im Ohr. *The Pretender*, die Foo Fighters gehörten bis heute zu ihren Favoriten. Das Leder ihrer Stiefel glänzte, auf den Metallbeschlägen spiegelten sich das Licht der Kristallleuchter. Sie griff mit beiden Händen unter ihre Brüste und richtete den Push-up.

Zwei alte Männer in frühherbstlichem Tweed konnten die Augen nicht von ihr lassen. Sie hielten im Vorbeigehen einen Moment inne und nickten Fanny mit einem blinzelnden Lächeln zu. Fanny unterbrach das rhythmische Bewegen ihres Kopfes und lächelte freundlich zurück. Inklusive Augenzwinkern. Die Herren setzten sich zu ihren Ehefrauen in die großblumig gemusterte Couchgarnitur am Fenster.

Die Kanalinseln, egal ob Guernsey oder Jersey, sollten ihr Zuhause werden. Das hatte Fanny nach ihrem Ausscheiden und als sicher war, dass sie sich dies ohne Probleme würde leisten können, entschieden. Hier hatte sie sich über viele Jahre mit ihren *Cityboys* getroffen und den Stand der laufenden und die Erfolgsaussichten denkbarer neuer Deals besprochen.

Begonnen hatte es mit der Internetkrise rund um die Jahrtausendwende. Es folgten die aus den USA herüberschwappende Immobilienkrise 2007 und die sich daran anschließenden Boomjahre, die es dauerhaft als Eurokrise auf die Titelseiten und in die Nachrichtensendungen geschafft hatten. Ein Freudenfest für all diejenigen, die in Zürich, London und Frankfurt mutig und kaltblütig genug waren, mit fremdem Restgeld und öffentlichen Rettungsmilliarden ins Risiko des Totalverlusts zu gehen und dafür mehr als fürstlich belohnt worden waren. Ihre Londoner Cityboys und deren Investmentfonds hatten dazugehört. Fannys Kanzlei hatte in Berlin, Paris, Athen und Brüssel dazu ihren Beistand geleistet. Für ein paar Krumen vom großen Kuchen, die in Fannys Fall nun ausreichten, die ihr verbleibenden dreißig oder mehr Jahre als wohlhabende Frau verbringen zu können. Obwohl sie seit wenigen Jahren nur noch privat investierte.

Lukrative Vehikel gab es genug. Amazonaswälder, chinesische Landkäufe in Afrika, arabische und türkische Prestigeprojekte, US-Investments in der Ukraine. All dies würde sie vielleicht nicht reicher, aber auf keinen Fall arm werden lassen. Fanny brauchte nicht mehr den Zwölf- oder Vierzehn-Stunden-Tag, aber sie genoss das Prickeln beim täglichen Blick auf Diagramme und die Zahlen hinter dem Komma.

Die steilen Kurven und explodierenden Werte hatten für die Broker und Analysten aus der Londoner City damals immer etwas gemein mit den Fressgelagen und Alkoholexzessen, den in narkotisierendem Nebel verschwindenden Nächten und der alle verbliebene Energie und Körperflüssigkeit aufzehrenden Orgien. Auf Ibiza, auf Malta, in der Karibik. Niemals auf einer der Kanalinseln, dort war angestrengt gearbeitet worden. Was einige Gläser Champagner, Austernschlemmerei und opulente Menüs nicht ausschloss. Einen belebenden Fick mit Gleichgesinnten auch nicht.

Fanny setzte sich auf und schaute sich um. Das vor erkerartigen Ecken, dreistufigen Treppen, goldgerahmten Ölgemälden und schweren

Teppichen überbordende Foyer des Hotels an der St. Brelad's Bay hatte sich nicht verändert. Fanny fragte sich, ob jemand aus dem damaligen Dutzend auch jetzt noch und einzig zum Vergnügen für ein paar schöne Spätsommertage auf die Insel kam.

Sie stellte sich den heute Vierzigjährigen vor, mit einer quirrligen Tochter oder einer kaum älteren Geliebten an der Hand. Die Fünfzigjährige mit einem älteren, gleichaltrigen, jüngeren Partner an der Bar sitzend, eine *WhatsApp*-Nachricht samt Foto verschickend an die Lieben daheim in Kent, am Rhein oder Genfer See. Lebte der 2007 bereits dreiundsechzigjährige, von allen nur Joki genannte Niederländer noch? War Emilia, die Mailänderin, die Jüngste im *Golden Dozen* – so der *Nickname* der Gruppe –, tatsächlich in einem Frauenprojekt in Kabul aufgegangen?

Würde sie selbst eine der drei Frauen oder einen der acht Männer sofort wiedererkennen, trotz der wenigen Jahre seit den letzten gemeinsamen Wochenenden? Sie musste sich anstrengen und machte sich einen Spaß daraus. Nicht alle Gesichter, Frisuren und Körperhaltungen konnte sie mit Vornamen und Nachnamen verbinden. Noch nicht einmal alle passenden Äußerlichkeiten mit der dazugehörenden Person. Sie erinnerte sich an ein einfaches Spiel in ihrer Kindheit. Dieses hatte darin bestanden, verschiedene Beinpaare und Schuhe und Oberkörper und Köpfe passend zusammenzustellen. Die Kombination schuf eine richtige Figur: eine Krankenschwester, einen Polizisten, einen Metzger, eine Lehrerin, einen Bauer, eine Oma. Die misslungenen Kombinationen hatten für den größten Spaß gesorgt.

Wer würde sie, Fanny, ohne Zopf und nicht in einen ihrer Hosenanzüge gekleidet hier auf Anhieb wiedererkennen und ohne Zögern freudig begrüßen?

Ja, wer würde sie überhaupt beachten ... ohne das Fläzen im Sessel, etwas konventioneller gekleidet, ohne das schalkhafte Flirten? Schon Frauen ihres Alters wurden gern übersehen. In zehn Jahren würde man durch sie hindurchschauen.

Fanny überlegte, ob sie noch einen Tee trinken oder sich doch schon ein Glas Champagner gönnen sollte. Mit der Immobilienmaklerin, die ihr zwei Cottages drüben an der Ostseite der Insel, oberhalb der Grouvill Bay, angeboten hatte, war sie erst in zwanzig Minuten verabredet.

Sie hatte also noch Zeit genug, mit sich selbst auf ihren Geburtstag anzustoßen.

Connie

Bregenzerwald, Anfang Mai 2013

Es ging bergauf. Nach drei Wochen fielen ihr die Spaziergänge zum Wildpark oder bis zur Mittelstation der Seilbahn nicht mehr so schwer wie zu Beginn. Und wenn sie mit dem Bus bis zur Lochner Alp fuhr, marschierte sie jetzt auf dem Höhenweg ohne Unterbrechung bis zur Bergstation, um sich von dort wieder ins Tal bringen zu lassen. Vor drei Wochen hatte Connie sogar ein Bummel durch das kleine Städtchen noch überanstrengt. An Schwimmen war nicht zu denken gewesen. Auch die Gespräche hatten sie überfordert. Und legte sie ein Buch oder eine begonnene Handarbeit zur Seite, war sie eingenickt. Nachts hatte sie schlecht geschlafen. Auch das hatte sich geändert.

Niemand außer Robert wusste von ihrem Klinikaufenthalt. Connie hatte weder ihre Töchter noch Freundinnen informiert. Ihr eigenes Smartphone hatte sie am ersten Tag abgegeben; als Ersatz erhielt sie ein sehr einfaches Handy, das als Notfalltelefon ausreichen sollte. Sie würde zum ersten Mal seit vierzig Jahren Andreas nicht am Tag seines Geburtstags gratulieren. Auch Laptop oder Notebook waren nicht erwünscht.

Connie hatte mit diesen Auflagen und Usancen kein Problem. Im Gegenteil. Sie wollte *für sich* sein. Sie war hier, um für sich sein zu können. Sechs Wochen lang. Sechs Wochen, in denen sie zu sich selbst finden konnte, wie Agnes, ihre persönliche Betreuerin, gesagt hatte. Connie selbst hatte anfangs von Urlaub und von anderen Kurgästen gesprochen, wenn sie in ihren Selbstgesprächen mit sich ins Reine kommen wollte. Jetzt fielen ihr die einfachen Worte Klinik und Therapie, Hilfe und Kraft, Krankheit und Gesundheit nicht mehr schwer. Ihre Betreuerin war ihre Therapeutin.

Connie hatte als Kind zwei Kuraufenthalte hinter sich gebracht. Einen in den Bergen, einen an der See. Sie hatte ein paar Pfund zulegen sollen. Doch die hatte sie offenbar jeden Tag beim Schneemannbauen und Rodeln oder dann auf Föhr beim Toben am Strand wieder sofort verloren. Die dunklen Stunden, ihre Angst, die kalten Augen der Ordensschwester war sie nicht losgeworden. Sie hatten sich festgebissen hinter den verschlossenen Türen ihrer Erinnerung. Jetzt, rund fünfzig Jahre später, spielte das in Kilogramm zu messende

Gewicht jedenfalls keine Rolle. Sie solle sich selbst und ihrem Wollen mehr Gewicht beimessen, hatte Agnes gesagt. Auch dem Wollen anderer Menschen.

Anna, ihre Kleine, erzählte nichts mehr. Connie dachte gern an die längst vergangenen Jahre in Bockenheim und an die dazugehörenden vielen Sommer in Fréhel. Anna hatte an ihrer Mutter gehangen, ihr alles erzählt, noch als pubertierendes Mädchen Connie intime Gedanken und Schrecksekunden anvertraut und dann den ersten Liebeskummer gebeichtet.

Connie hatte sich immer gewünscht, und am Ende sogar nachts davon geträumt, sie und Anna würden sich eines Tages wie Schwestern begegnen. Ein Traum, den Anna nicht erfüllte. Ein geplatzter Traum, den wie Connie heute wusste, ihre Kleine nicht hatte erfüllen können. So wie ihre Große, die immer Andreas' Große gewesen war und ihre mütterliche Schwester fern von Connie in Maxi gefunden hatte.

Anna war ihr immer mehr entrückt. Begonnen hatte es schon im letzten gemeinsamen Fréhel-Sommer, als Anna ihren Platz an Philipps Seite gefunden hatte. Dann der endgültige Umzug nach Ueckermünde, dieses Nest am Ende der Welt. Schließlich das Entschwinden in der dort entstehenden kleinen Familie. Connie bereute es in ihrem verschlossenen Innersten, dass sie es bis heute noch nicht geschafft hatte, Anna, Philipp und ihre Enkelin dort zu besuchen. Und darüber zu sprechen. Es fiel ihr schwer, die Drei als eigenständige und eigenwillige Adresse anzunehmen.

Mit Nora war dies einfacher, denn Nora hatte ihr ohne Aufheben die Pein und Scham abgenommen. Sie war weit weg, weiter war kaum möglich. Seit einer Ewigkeit, fast schon immer. Connie gestand es nur sich: Sie würde gern mehr wissen, mehr verstehen. Doch den großen Teich konnte Connie, selbst wenn sie gewollt hätte, nicht überbrücken. Sie hatte Flugangst.

Und jetzt war sie hier, im Bregenzerwald. Warum? Es war ihr zuhause nicht gelungen, die Gründe für ihre Müdigkeit, für die Mühsal der Tage, für die Unzufriedenheit mit dem Heute und für die Trostlosigkeit ihrer Zukunftsaussichten herauszufinden. Jetzt, wo die Trennung von Andreas über fünf Jahre zurücklag, die Mädchen aus dem Haus waren und Robert ihr Ruhe, Sicherheit und Hilfe bot.

Connies Timer, *diese* Funktion hatte das Notfallhandy, erinnerte sie an den Elf-Uhr-Termin.

Doch an was genau? Sie musste überlegen. Einzelgespräch oder in der Gruppe? Neues erwartete Connie in beiden Fällen nicht.

Sie solle mehr Gewicht auf ihr eigenes Wohl legen. Okay. Connie dachte, noch so ein Tipp, der nichts kostete und mit dem sie allein war. Was war, wenn sie genau das nicht schaffte, vielleicht gar nicht wusste, wie das eigene Wohl aussah? Vor über vierzig Jahren hatte sie davon eine zumindest einigermaßen klare Vorstellung gehabt. Sie hatte einfach entschieden, ihre störrischen Locken gezähmt und von heute auf morgen nur noch abgetragene Secondhand-Klamotten getragen.

Und heute? Sie kannte mittlerweile das komplette Arsenal. Malen, Töpfern, Schmuck, Yoga, Lesen, Schwimmen, Pflanzen, ein Tier. Ja gern, und? Und dann?

Nora

CHICAGO, ANFANG AUGUST 2011

Jedes Jahr um diese Zeit war Nora erstaunt, freute sich, war dankbar. Sie konnte nicht glauben, dass sie noch lebte. Genauer gesagt: Sie konnte sich nicht vorstellen, nicht mehr zu leben, unter den Trümmern der *Twin Towers* begraben oder vorher von einer Plattform gesprungen zu sein. So wie es über zweitausend Männern und Frauen ergangen war.

Vor zehn Jahren waren Maxi und sie am frühen Morgen des zweiten Augusttages nach oben gefahren, im Lift für Mieter. Maxis Verlagsbüro war im *WTC 2* untergebracht gewesen, fast neunzig Stockwerke über dem Erdboden. So konnten die beiden sicher sein, um diese Uhrzeit an den Aussichtspunkten nicht von Touristenströmen gestört zu werden. Nora hatte Dutzende Fotos geschossen, gegen die aufgehende Sonne, Lichtreflexe auf Glas und Metall, Schattenbilder ihrer Freundin.

Nach einem Monat mit Maxi war es für Nora der vorletzte Tag in New York gewesen. Am darauffolgenden Montag sollte in Frankfurt ihr letztes Schuljahr beginnen. Sie war traurig, griff öfter als an jedem anderen Tag während ihres Besuchs nach Maxis Hand, wäre am liebsten noch achtundvierzig oder zweiundsiebzig Stunden an der Seite ihrer Freundin ohne Unterbrechung durch die Straßenschluchten Manhattans, über die Brücke nach Brooklyn, durch die vielen kleinen und großen Parks, am Hudson und East River entlang, durch alle Stadtviertel gelaufen, die sie mit Maxi in den zurückliegenden Wochen erkundet hatte.

Am Abend hatten Nora und Maxi dann vor zwei mächtigen Schalen Suppe gesessen, in einem Diner neben dem Beacon Theater. Sie sprachen wenig miteinander. Nora hatte Tränen in den Augen; die Tränen, die über ihre Wangen liefen, tupfte Maxi mit der Serviette ab. Nur Notwendiges wurde besprochen: Pass, Kreditkarten, Bargeld, Taxi, Tagebuch, Wetteraussichten, Lutschbonbons, Halstuch. Sie nahmen noch einen Kaffee, bevor sie zu Maxis Souterrainwohnung in der nahen Zweiundsiebzigsten Straße aufbrachen. Koffer und Rucksack waren schnell fertig gepackt.

Nora hatte sich dann zum ersten Mal in diesen vier Wochen zu Maxi legen dürfen. Am nächsten

Morgen war sie von *JFK* gestartet und acht Stunden später in Frankfurt gelandet.

Fünf Wochen danach war *Nine Eleven* zum Markstein einer neuen Zeitrechnung geworden. Und im Frühjahr des folgenden Jahres hatte Nora ihre NYC-Fotoserie *Moments to be saved* als Abiturarbeit im Leistungskurs Kunst präsentiert. Eine Eins plus war der Lohn gewesen.

Nora schaute auf den schmutzigen Chicago River. Die Brachlegung des alten Viertels am nördlichen Arm des Flusses, die mit dem Totalabriss der letzten Uferbebauung jetzt ihr Ende nahm, hatte den Fluss zu einer träge dahinfließenden braunen Brühe gemacht. Lagerhallen, Kräne, eine Konservenfabrik, das ehemalige Heizwerk und zahlreiche andere Backsteinbauten waren dem Erdboden gleichgemacht worden. Die Obdachlosen, die jahrelang eine ehemalige Großwäscherei besetzt gehalten hatten, waren mit deren Grundmauern nun auch verschwunden.

Anderen alten Industrie- und Lagergebäuden, die bereits die vergangenen zwei oder drei Jahrzehnte als Fitnesspoint, Tanzstudio, Atelier oder Blues Café genutzt worden waren, stand das Gleiche bevor. Das galt auch für den dreistöckigen Bau an der North Canal Street, in dem über ein Jahrhundert

Felle und Leder bearbeitet und gelagert worden waren, und in dem sich Nora und Maxi eingemietet hatten. Loft N° 6. Hoch bis fast zum Himmel, unverputzte Backsteinwände, schwarze Holzbalken, an jeder Ecke Reste uralter Gerätschaften. Nur ein zweites Loft war noch bewohnt. Sie würden bis zum Jahresende die 230 Quadratmeter räumen müssen. Zum Glück würden sie nicht auf der Straße landen.

Maxi, die zwei Wochen in NYC und zwei in Chicago arbeitete und lebte, hatte über das für ihren Verlag im ganzen Land tätige Maklerbüro ein Haus vermittelt bekommen. Das heißt, eine von zwei Wohnungen in einem Präriehaus, draußen in Oak Park. Ein Glücksgriff, wenngleich noch ungeklärt war, wo Nora ihr Videostudio einschließlich des technischen Equipments unterbringen konnte. Maxi benötigte nur einen Schreibtisch.

Ein Telefonat hatte Nora gestern Hoffnung gemacht. Vielleicht bot sich ihr die Chance, als Freelancerin dauerhaft eine halbe oder Drittel-Stelle am *Institute of Art* zu bekommen. Das würde ihrer Haushaltskasse guttun. Sie wollte nicht, dass Maxi auf Dauer den Großteil der Kosten trug. Auch wenn ihre Geliebte dies wie selbstverständlich tat und immer tun würde.

Nora wollte ihren zählbaren Beitrag leisten und auf eigenen Füßen stehen. Sie ärgerte sich, dass sie die vage Möglichkeit, an einem Video mit den *Chicago-Bears*-Cheerleadern mitzuarbeiten, nicht weiterverfolgt hatte. Ob Anna und Philipp ab und zu immer noch das *Soldier-Field*-Shirt trugen, das sie den beiden vor einigen Jahren geschickt hatte?

Nora erinnerte sich oft an ihren ersten Besuch in New York, zudem sie von Maxi eingeladen worden war. Vier Wochen, von denen sie monatelang leidend und träumend gezehrt hatte. Die Erinnerungen erfreuten sie bis heute in Momenten des Ausruhens auf einer Parkbank, beim Beobachten von Vögeln oder Eichhörnchen, und sie erregten sie in den schrecklichen Momenten der Unruhe zwischen Schlaf und Aufwachen.

Maxi, die Geheimnisvolle, die von der damals achtjährigen Nora in der Bretagne bestaunt und bewundert worden war. Maxi, die der Fast-Abiturientin angeboten hatte, sie in Amerika zu besuchen. Maxi, in die Nora sich verknallt hatte. Maxi, der sie ellenlange schüchterne Liebesbriefe auf Papier, dann als E-Mail geschrieben hatte. Maxi, die schrieb, sie begehre Nora. Maxi, deren Begehren, was immer das auch bedeuten konnte, Nora glänzen, schwitzen und selbst begehren ließ. Maxi, die ihr eines Tages schrieb, sie erwarte Nora in Chicago. Für immer.

Die dreißig Jahre alte Buchgestalterin, die mittlerweile als Art Director Karriere machte, und die rund zehn Jahre jüngere Frankfurterin waren dann ohne Probezeit ein Paar geworden.

Nun war Nora siebenundzwanzig Jahre alt, Maxi ging auf die Vierzig zu. Machte das einen Unterschied? Bedeuteten zehn Jahre Altersdifferenz nicht immer, zehn Jahre älter beziehungsweise jünger zu sein? Wann fiel welcher Altersunterschied wie stark ins Gewicht? Nora fragte sich nicht, warum gerade diese Frage sie immer öfter umtrieb.

Wenn diese Gedanken Nora gefangen nahmen, dachte sie oft an ihre Schwester. Denn Anna war immer noch ihre *kleine* Schwester; sie, Nora, blieb auch für Anna – und wohl auch für ihre Eltern – die Große. Auch jetzt, wo die Kleine bereits Mutter war, seit bald zwei Jahren ein Kind großzog und dieses vorher bereits neun Monate mit sich herumgetragen hatte.

Nora hatte manchmal das Bedürfnis, mit ihrer Schwester schwesterlich zu reden – vertraut und als flüsterten sie als Mädchen Unerhörtes unter der Bettdecke. Doch noch nie hatte Nora Bewegendes oder Belastendes mit Anna besprochen. Die beiden Schwestern sprachen mehr und öfter miteinander als früher, doch eher so, wie man der guten

Nachbarin oder der liebsten Arbeitskollegin etwas berichtet, noch nicht einmal richtig erzählt. Mehr als anderen, aber nicht das, was an der Seele nagt, was Luftsprünge verlangt und so oder so schlaflose Nächte beschert.

Mit ihrer Mutter hatte Nora nie ein schwesterliches oder ein enges Tochter-Mutter-Verhältnis gehabt. Jetzt, wo beide als erwachsene Frauen miteinander sprechen konnten, wurde die Beziehung entkrampfter, aber keineswegs intensiver. Und der Altersunterschied sowie die geografische Entfernung und die jeweiligen Lebensumstände machten es möglich, vom Leben der Anderen als etwas Fernem, vielleicht sogar Fremdem zu hören oder zu lesen. Und sich dazu zu äußern, oder eben nicht. Dem Rollenspiel war nicht zu entkommen. Ihrer Mutter schien es gut zu gehen. Noras Befürchtung, die sie ja nur aus der Ferne hätte zu bedenken geben können, hatte sich nicht bestätigt. Die neue Partnerschaft mit Robert schien nicht nur eine Flucht zu sein, kein übereiltes Contra in Richtung ihres Vaters. Doch wie es ihrer Mutter wirklich ging, wusste Nora nicht.

Ihr Vater, mit dem Nora wie jedes Jahr an seinem Geburtstag telefoniert hatte, verweigerte jede

Bemerkung und Nachfrage zu Connies Wohlbefinden. Ihm selbst gehe es gut, auch jetzt, wo er sich im *Dicken Daumen* manchmal verlaufe – er hatte der Bemerkung ein kurzes gekünsteltes Lachen hinterhergeschickt. Nein, Gwenn weigere sich immer noch, hier einzuziehen. Das müsse er akzeptieren, auch wenn er es sich anders vorgestellt habe. Luca – ein erneutes kurzes Auflachen – sei jetzt seine Hausgenossin. Die verrückte Hündin wärme ihm die Seele und halte ihn fit.

Nora hatte sich dann bemüht, das Telefongespräch nicht allzu abrupt zu beenden. Also folgten noch ein paar Sätze zum Wetter, zum Geburtstagsessen und zum Atomkraftwerk in Japan. Ihr war erst nach dem Telefonat aufgefallen: Noch nie hatte sie ihren Vater von seiner Seele reden hören, was auch immer er damit gemeint haben konnte.

Die schrille Aufzugsglocke schreckte Nora auf. Ihre Nachbarn, das libanesisch-syrische Paar, das noch für wenige Monate das Loft N° 2 bewohnen würde, kam im Lastenaufzug nach oben. Nora blickte durch die offene Etagentür. Das Gitter öffnete sich. Auf einem Sackkarren stapelten sich Kartons mit Flugblättern, Stickern und kleinen Plakaten. Gabriel und Abdullah grüßten Nora und luden sie zum Abendessen ein. Und sie hätten eine Idee, die auch andere Mitglieder ihres Vereins gut fänden: Nora könne doch ein Video mit Immigranten machen, die – egal aus welcher Sicht – sich zu den Ereignissen in Ägypten, Tunesien, Algerien, Syrien und vor allem in Libyen äußerten. *Springtime under fire*. Solange das Interesse daran in der Stadt lebendig sei.

Sonja

GREIFSWALD, JULI 2021

Sascha hatte darauf bestanden. Wie er überhaupt in den vergangenen Jahren mehr und mehr das Heft in die Hand genommen hatte. Sie könne nicht nur zuhause sitzen, sich immer mehr abkapseln von allem Leben da draußen, sogar von den ihr immer lieben Konzerten und Lesungen. Gute Bekannte sähen sie, wenn überhaupt, nur noch alle paar Monate. Sonja hatte eingewilligt. Er hatte Recht, und sie hatte keine Kraft mehr, ihre Bedenken und Ängste vorzutragen.

Das junge Paar sei wirklich sehr sympathisch, sie werde die beiden bestimmt sofort mögen. Schon zweimal habe er die Einladung des Kollegen mit unglaubwürdigen Begründungen ausgeschlagen. Sascha reihte Argument an Argument. Der Nachmittag werde ihr guttun. Kein Trubel, man sei nur zu viert, quasi unter sich. Das Sommerwetter spiele mit, und es werde auch kein Problem sein, dann, wenn Sonja wolle, zu gehen. Natürlich wisse der Kollege von ihrer Krankheit.

Selbstverständlich hatte sie der Verabredung zugestimmt. Sascha begriff nicht, dass sie noch alles mitnehmen wollte, ihr aber meistens dazu die Energie fehlte. Wie sollte sie ihm das erklären?

Sascha hatte die ganze Fahrt von Wackerow bis in den Greifswalder Osten geredet und geredet, ohne dass seine Frau Einwände geäußert hätte, denen er hätte widersprechen müssen. Sonja hatte geschwiegen.

Sonja fühlte in jeder Sekunde das zähe Dahinfließen der Zeit und gleichzeitig, wie schnell ihre Zeit verging, verloren ging, verschwand. Den Tod fürchtete sie nicht, er war unausweichlich, sie hatte es schon früh akzeptiert. Aber sie hatte jeden Tag mehr Angst vor der Zeit bis dahin.

Sie seien gleich da, der Nachmittag werde ihr gefallen. Ganz bestimmt. Sascha wiederholte sich jetzt auch gern. Er glaubte fest daran, dass der stete Tropfen auch den härtesten Stein höhle. Noch zwei- oder dreimal rechts und links, und schon stünden sie am Ryck.

Sonja las die Straßennamen: Thomas Münzer, Karl Liebknecht, Clara Zetkin und, das verwunderte selbst sie, sogar Max Reimann. Sie lächelte. Das Haus der Gastgeber hatte eine neutralere Adresse:

Am Hafen. Es stand direkt am Ryck, in einer Reihe sehr schön hergerichteter Häuser alten Stils und unterschiedlicher Größe. Gepflegt. Auch die davor geparkten Autos zeugten von Wohlstand: Volvo, Porsche SUV, Range Rover, Mini Cooper, ein kleiner Mercedes. Sascha stellte den Toyota vor der Hafenmeisterei ab. Sie gingen die restlichen fünfzig Meter zu Fuß. Sonja nahm ihren Stock zu Hilfe, das Kopfsteinpflaster war ihr nicht geheuer.

Bevor sie klingeln konnten, wurde die niedrige Haustür geöffnet. Ein Mädchen kam ihnen entgegen, schulterte einen kleinen Rucksack, grüßte das Paar höflich und ging zu einem direkt am Wasser montierten Fahrradständer. Sonja und Sascha grüßten zurück und hörten im gleichen Augenblick vom Haus her Begrüßungsworte ihrer Gastgeber.

Je älter man wurde, desto schwieriger wurde es, das Alter jüngerer Personen zu schätzen, abgesehen von Kindern und Teenagern. Die Spanne der Unsicherheit wurde immer größer. Irgendwas um die dreißig, vielleicht schon vierzig, schätzte Sonja. Der junge Mann schüttelte Sascha kräftig die Hand, hatte aber offenbar Scheu, Sonja ebenso zu begrüßen. Er beließ es bei einem *Herzlich Willkommen,* begleitet von einem Lächeln und einem angedeuteten Diener. Sonja musste angesichts dieser völlig aus der Mode gekommenen

Begrüßungsgeste lächeln, sie freute sich. Die Gastgeberin trat ebenfalls aus der Tür, klatschte in die Hände. *Hereinspaziert!*

Als Sascha den Blumenstrauß endlich überreicht und eine Flasche Wein aus seiner Umhängetasche hervorgeholt hatte, lotste Philipp, der Gastgeber, die beiden alten Herrschaften durch das Wohnzimmer auf eine kleine Fläche mit Kieselsteinen.

Der Denkmalschutz verhindere bislang erfolgreich, dass auf der rückwärtigen Seite der Häuser betonierte, gefliste Terrassen oder ein Wintergarten errichtet würden. Philipp schien damit einverstanden zu sein. Sie hätten sicher bemerkt, dass neben den Häusern keine Carports zu sehen seien. Draußen in Wackerow sei das anders, warf Sascha ein, die Speckgürtel-Bebauung gleiche sich nun mal überall. Und schon kam das Gespräch zwischen Gästen und Gastgebern in Gang.

Sascha und Philipp waren sich vor einem Jahr bei einem Workshop des Schweriner Gesundheitsministeriums und der Ärztekammer zum ersten Mal begegnet. Es ging um Covid-19, die mögliche Ausbreitung des Virus, soweit vorhersehbar, und um Erfahrungen in China und in Westeuropa. Es folgte ein zweites Treffen mit *Charité*-Ärzten, und seit dem Frühjahr gehörten sie zur *Task-Force*, aus der die drei Impfzentren der Stadt bestückt wurden. Sascha, bereits im Ruhestand, und Philipp kamen an einem Werktag pro Woche zum Einsatz, meist gemeinsam am gleichen Vor- oder Nachmittag, in einem der Zentren. So hatten sie sich näher kennengelernt.

Sonja bewunderte die Rosenstöcke. Als sie vor fünf Jahren die Wohnung in Friedrichshain ganz aufgegeben hatte und nach Vorpommern umgezogen war, hatte sie sich vorgenommen, den vernachlässigten kleinen Nutzgarten hinter dem ehemaligen Gesindehaus des Gutshofs zu einem Paradies für Blumen, Bienen und Schmetterlinge zu machen. Monatelang lang hatte sie gehackt, gejätet, gepflanzt, gegossen, gepflegt. Sich gefreut. Dann hatte sie im folgenden Jahr die Kraft verlassen. Eine fleißige Gärtnerin wurde engagiert, doch es war nicht mehr Sonjas Garten.

Als sich herausstellte, dass Anna und Philipp im gleichen Jahr, 2016, nach Greifswald gekommen waren, fragte Sonja nach deren Gründen für den Umzug. Anna nannte die Anstellung Philipps in der Klinik und ihren Wunsch, den Job zu wechseln. Sie sei eine passionierte Tierpflegerin gewesen, habe aber doch etwas anderes machen wollen. Nun arbeite sie in der Forschung, *ehrlich gesagt: am Rand der Arzneimittelforschung* für Pferde und Rindvieh. Sie habe sich ihre Tätigkeit etwas anders vorgestellt, doch sie verdiene gut, das Team sei okay, ihre Arbeitszeiten auch, und sie könne die zweieinhalb Kilometer zur Arbeit mit dem Rad fahren. Sonja überlegte, welche guten Gründe sie vor vierzig Jahren ins Feld geführt hätte, um die Wahl des Arbeitsplatzes – *hatte sie überhaupt eine Wahl gehabt?* – und ihren Spaß an der Arbeit zu erklären.

Philipp servierte die Brühwürste, den Kartoffelsalat, die russischen Eier und die eingelegten Heringe. Sascha nahm wie Philipp ein zweites Bier – *das nächste aber nur alkoholfrei!* Sonja zögerte einen Moment, blieb aber bei Wasser, Anna entschied sich für eine Weinschorle.

Die nächste Stunde verging wie im Flug. Die Unterhaltung war kurzweilig, blieb an keinem Thema hängen, ein Stichwort genügte, um sie in eine andere Richtung zu drehen. Ja, das blonde Mädchen sei ihre Tochter Anna-Louisa gewesen, schon zwölf Jahre alt, *nicht zu glauben.* Leider habe Sascha auch jetzt als Rentner zu wenig Zeit, um öfter mit dem Kutter rauszufahren. *Gewi,* Gesellschaftswissenschaften, was in der BRD meistens Sozialwissenschaften geheißen habe, ja, auf der *Strecke* habe sie gearbeitet. Usedom sei mittlerweile überfüllt und viel zu teuer. Oh, ein Zufall, nach Marburg habe sie einige gute Kontakte gehabt. Ja, eine große Schwester, die schon lange in den USA lebe. Berlin sei nicht mehr das alte Berlin, nicht mehr das verschwundene aus Hauptstadtzeiten, nicht mehr das verwirrende, aufregende der Neunzigerjahre. Seine Mutter lebe in Bremen, sein Vater sei tot. *Eisern Union* setze sich hoffentlich in der Bundesliga fest. Am Balaton habe man viele Westdeutsche kennenlernen können.

Ein schöner Nachmittag. Die Sonne hielt sich bis zum frühen Abend am blauen Himmel, auf dem die kleinen weißen Tupfer allmählich mehr wurden. Sonja beneidete die jungen Leute, die tatkräftig und zuversichtlich zu sein schienen. Sie freute sich für sie und drückte ihnen heimlich beide Daumen. Sie waren noch so arglos, hatten noch keine Vorstellung von all den Enttäuschungen, die auf sie warteten. Sollte sie die Jungen darauf hinweisen? *Nein!*

Als Sascha vom Balaton sprach, hatte Anna die Bretagne erwähnt und war zu einer Anrichte gegangen. Sie zog eine schwergängige Schublade auf, kramte und kam mit einem Papierumschlag zurück an den Tisch.

Dort habe sie *gefühlt* ihre halbe Kindheit verbracht, zusammen mit den Eltern und ihrer Schwester. Philipp und sie hätten sich *übrigens* in der Bretagne kennengelernt. Leider seien sie seit über zehn Jahren nicht mehr dort gewesen.

Anna ließ den Stapel Fotos durch ihre Hände gleiten und wählte zwei, dann ein drittes aus. Das sei sie mit ihrer großen Schwester am Strand, *ein Paradies für uns Kinder*. Den Anlass für das Gruppenfoto der Frauen kenne sie nicht; die schöne Frau in der Mitte, die blonde schlanke, *so hat sie selten gelacht*, sei ihre Mutter. *Und das ist der Dicke Daumen*, dort hätte ihr Vater am liebsten sein Leben lang gelebt.

Sonja war mit ihren Augen und Gedanken eigentlich nicht richtig bei der Sache gewesen. Doch jetzt spürte sie, wie Kälte und Blutleere Zentimeter für Zentimeter ihren Körper eroberten. Vom Kopf abwärts, langsam, unaufhaltsam, bis in die Waden und Füße. Wer tat ihr dieses heimtückische Katapultieren in die Vergangenheit an? Wer? Warum? Sascha hatte in den letzten Wochen nur den Nachnamen des jungen Gastgebers erwähnt, nie den der jungen Frau. Sie hatte keine Ahnung gehabt. *Anna!*

Sonja zeigte ihre Unruhe, die sich nicht verbergen ließ. Sie rückte ihren Stuhl zurück, räusperte sich, legte eine Hand auf ihre Brust. Sie dankte den beiden für den schönen Nachmittag, bat um Entschuldigung, sie werde müde, habe starke Kopfschmerzen. Das geschehe jetzt oft schlagartig.

Sascha bat ebenfalls um Nachsicht. Dankte Philipp, man werde sich übermorgen am Landesmuseum wiedersehen. Dankte Anna, der Hering sei köstlich gewesen. Er half Sonja auf, holte ihren Stock und führte sie am Arm vor die Tür. Auf Abschiedsrituale verzichteten Gastgeber und Gäste. Man winkte sich zu, begleitet von einem kurzen Gruß.

Sascha fuhr schweigend Richtung Wackerow. Sonja klammerte sich mit beiden Händen an ihren Stock. Unterwegs löste sich die Anspannung ein wenig. Sonja legte ihre linke Hand auf den Oberschenkel ihres Manns. Der schaute sie wortlos an. Sie kämpfte. *Eyes on fire.* Ein trauriges Lied. Es gelang ihr, die Tränen zurückzuhalten.

Wenigstens das.

Gwenn

Landrellec, September 2019

Mehr als zehn Jahre waren es bereits, die sie mit Andreas zusammenlebte. Davon nun schon sechs in gemeinsamen vier Wänden, zunächst auf Martinique, die letzten drei Jahre hier in Landrellec. Manchmal erschienen ihr die zusammen verlebten Jahre wie eine Ewigkeit. Sie konnte nicht glauben, dass es nur ein Jahrzehnt sein sollte. Und ein anderes Mal schienen die Jahre vorbeigerauscht zu sein, in einer Geschwindigkeit, die kein Bremsen, kein Innehalten zugelassen hatte. Hatten Andreas und sie je die Chance gehabt, zu sich selbst und zur Ruhe zu finden?

Nun gut, sie waren nicht mehr jung gewesen, als sie sich – so glaubten sie zunächst – erstmals begegneten, sich gleich sympathisch fanden, erst dann wiedererkannten und ineinander verliebten. Andreas hatte die Fünfzig lange überschritten, Gwenn war immerhin über vierzig Jahre alt gewesen. Beide hatten bereits ein Leben hinter sich, mit

Höhen und Tiefen, beruflichen Erfolgen, spät eingestandenen Enttäuschungen, sich wandelnden Interessen und eingefleischten Neigungen. Sie standen sich damals als schon fertige Persönlichkeiten gegenüber, die auch keinen Feinschliff mehr benötigten. Gwenn und Andreas wollten sich nicht ändern, sondern ein passendes Gegenüber finden. Sie hatten es gewagt.

Bei ihrer tatsächlich allerersten Begegnung Ende der Siebzigerjahre war dies ganz anders gewesen. Sie waren unfertig und auf der Suche, hatten Träume, alles schien machbar, nichts unmöglich. Er ein langhaariger Student, Mitte zwanzig, mit Freund und Freundinnen auf dem Campingplatz. Sie ein etwas pummeliges, pubertierendes Mädchen, aufgeweckt und spitzbübisch, das in den Ferien in der Crêperie der Tante aushalf. Sie waren sich wenige Male begegnet.

Fast dreißig Jahre später hatten sie bei einem Sommerkonzert in Sables d'Or zufällig nebeneinandergesessen. Er hatte ihre Narbe unter dem Auge wiedererkannt und versucht, die schönen Gesichtszüge rückzuverfolgen. Er hatte, das war ihm noch Tage später ein Rätsel, den Mut gehabt, die elegante Frau anzusprechen. Sie erinnerte sich nicht an den deutschen Studenten – damals habe es rund ums Cap viele gegeben, entschuldigte sie sich zunächst –, aber dann doch an ihn, als er auf einen stürmischen Regentag zu sprechen kam. Sie lachte: Er habe immer Französisch gesprochen, aber auf Deutsch geflucht; ja, sein *Moustache* habe sie damals beeindruckt.

Gwenn räumte die Salatschalen, die Käseplatte und das übrig gebliebene Brot auf die Anrichte. Andreas trug schon seit der Übersiedlung nach Martinique keinen Bart mehr. Sein graues Haar war schütter, seine Wangen waren eingefallen, der Hals faltig. Er war immer der sportliche Typ Mann gewesen, schlank, attraktiv. Auch noch in seinen Fünfzigern, das hatte ihr gefallen. Sie erinnerte sich an die Abende in den Salons von Sables d'Or, wo er die Blicke der wenig älteren und der wirklich alten, sich untereinander Anzüglichkeiten zuflüsternden Damen auf sich gezogen hatte. Gwenn hatte es amüsiert.

In den letzten Jahren hatte ihr Mann nicht wie andere sichtbar zugenommen, sondern nochmals zwei, drei Kilo verloren, was ihn gebrechlicher aussehen ließ. Und er war um wenige Zentimeter kleiner geworden, ob tatsächlich geschrumpft oder einfach etwas gebückter gehend, war nicht auszumachen.

Gwenn kam neuerdings schwerer damit zurecht. Ihr Lebensgefährte hatte vor wenigen Monaten seinen 68. Geburtstag gefeiert, Andreas war ein alter Mann. Der Gedanke, ihn vielleicht bald – in fünf, in zehn Jahren – zu verlieren, ließ sie kraftlos und ratlos zurück. Hatten sie ihre Zukunft schon hinter sich? Hatte sie selbst durch ihre Arbeit, durch ihre Energie und ihren Ehrgeiz verhindert, dass sie beide ihre Gegenwart als Gegenwart gelebt hatten, als endlose Reihe von Glücksmomenten erleben konnten? Gwenn suchte eine Antwort. Zwischen Vergangenheit und Zukunft gab es immer nur einen kleinen Spalt, eine Stunde, vielleicht einige Monate, die als Gegenwart gegenwärtig waren.

Manchmal dauerte die Gegenwart auch nur Sekunden, wenige Augenblicke und sorgte für eine minutenlange Lähmung. Diese innere Leere, die Gwenn lange nahezu automatisch mit übertriebener Rastlosigkeit kaschiert hatte, kam immer häufiger zum Durchbruch. Dann hatte sie das Gefühl und ahnte, dass sie selbst kein Mittel zur Hand hatte, dem Absehbaren und Unausweichlichen, den Bedrohungen und dem Schicksal Einhalt zu gebieten.

Gwenn goss sich Wein nach. Andreas gesundheitliche Beschwerden auf den Antillen, die auch nach dem Abklingen des schweren Fiebers angehalten hatten, markierten einen Einschnitt. Ihr Lebensgefährte hatte schnell manches Interesse und Vorhaben begraben und seinen Elan verloren. Sein oftmals übertriebener Redeschwall und seine apodiktischen Urteile waren verschwunden. Er hüllte sich öfter in Schweigen, auch in Gesprächen unter guten Bekannten, selbst wenn der Gegenstand der Debatte ihn interessierte und seine dezidierte Meinung gefragt war. Vieles schien ihm belanglos, nicht der Rede und nicht des Austauschs von Argumenten wert.

Ihre Hände waren unruhig. Gwenn rollte die Servietten zusammen. Wie fern war der Abend im *Dicken Daumen*, der letzte, sehr schöne Abend, an dem fast alle Freunde und Bekannte von Andreas zusammengekommen waren.

Gwenn hatte diesen Abend wie alle anderen Gäste genossen. Sie hatte Connie als interessierte und liebenswerte Frau näher kennengelernt. Die schüchterne, doch emsige und freundliche Tochter der beiden, die jüngere, und deren etwas ungelenker Freund. Dann war da ein Bekannter von Connie, der sich sehr am Haus interessiert gezeigt hatte. Die beiden langjährigen Freundinnen von Connie waren nicht zu übersehen und zu überhören gewesen. Eine der beiden, die rundum Rundliche im roten Leder-Mini, so hatte Gwenn Andreas verstanden, hatte schon zur 1977er Campingplatzgruppe gehört. Fanny, die andere, die mit dem imposanten dicken Zopf, war auf dem Weg auf eine Kanalinsel gewesen. Gwenn selbst hatte ihr im Hotel am Golfplatz den Weg zum *Dicken Daumen* erklärt. Auch zwei oder drei Einheimische aus Fréhel waren da gewesen. Und nicht zu vergessen der Alleinunterhalter Franky, der am laufenden Band Witze riss und wohl gern mit jeder der anwesenden Frauen sein Vergnügen gesucht hätte.

Gwenn hatte in den Jahren danach – bis auf Dora – niemanden von Andreas und Connies Gästen wiedergesehen. Und über kaum jemanden hatte sie in der Zwischenzeit Neues erfahren. Andreas hielt die wenigen ihm gebliebenen engen Verbindungen ohne große Absicht unter Verschluss. Nur nach den Geburtstagstelefonaten mit seinen Töchtern – bei dieser Gelegenheit nahm Gwenn oft selbst den Anruf entgegen – gab er hie und da eine zusätzliche Neuigkeit preis. Doch auch in diesen Fällen verschwand das meiste in seinem lautlosen Grübeln und ewigen Schweigen.

Draußen wurde es allmählich dunkel. Gwenn hörte Luca, die sich vor der Haustür schüttelte, und sie hörte das Schnaufen und das meist anlasslose Gegrummel ihres Liebsten. Wie sollte sie all ihre Gedanken, ihre Wünsche und Absichten so formulieren, dass er sich darauf einlassen konnte und mit ihr darüber sprechen würde?

Sie hatte Fakten geschaffen, keine unumstößlichen, aber es waren bereits Fakten, die zu nächsten Schritten drängten. Sie hatte sich entschieden, nochmals und vielleicht für immer auf Martinique oder Guadeloupe zurückzukehren. In der Pariser Zentrale war sie mit dieser Überlegung auf Interesse gestoßen. Man zeigte sich offen für ihren Wunsch, in naher Zukunft dort erneut für drei oder vier Jahre als verantwortliche Antillen-Managerin tätig zu sein.

Danach wollte sie etwas früher als üblich aus dem Unternehmen und aus dem Berufsleben ausscheiden. Es war Gwenns Wunsch, auf einer der Inseln ihren Lebensabend zu verbringen. Sie verspürte wieder – und sie fragte sich: *vielleicht zum letzten Mal?* – Neugier und Lust. Sie wollte über den Horizont hinausgehen, schauen, was sich dahinter noch verbergen mochte.

Darüber würde sie mit Andreas sprechen müssen. Drei Jahre ohne sie, drei Berufsjahre, würde er vielleicht hinnehmen. Schließlich könnte er, *toi toi toi*, immer mal wieder einige Urlaubswochen in der Karibik verbringen. Sofern er das mögen und seiner Gesundheit zutrauen würde.

Gwenn wusste, die Zeit danach würde das wirkliche, das ernste Problem sein. Die Zeit bis zum Ende. Die Andreas verbleibende Lebenszeit, die, egal wie lang sie noch dauern mochte, jeden Tag und jede Stunde um einen Tag und eine Stunde kürzer wurde.

Die Hündin stupste die Küchentür mit der Schnauze auf und stürmte auf wackligen Beinen zu der großen Schüssel. Gwenn warf gerade noch rechtzeitig eine Tablette in den Fressnapf. Sie hätte das Medikament beinahe vergessen. Andreas zog seine Strickjacke aus und legte sie über die Stuhllehne. Gwenn packte Andreas' Lieblingskekse aus einer Dose auf einen Teller und bot ihm einen Kaffee und einen Calvados an.

Andreas nickte, nahm seine Liebste in den Arm und gab ihr einen Kuss aufs Ohr. Gwenn zuckte, wich zurück und gab ihm einen Kuss auf den Mund.

Luca gebärde sich an manchen Tagen wie ein junger Hund, sagte Andreas freudig und erzählte von ihren Anstrengungen, die auslaufenden Wellen zu überspringen. Andreas zeigte Gwenn ein 60-Sekunden-Video, das er vor einer Dreiviertelstunde aufgenommen hatte. Seine trüben Augen strahlten.

Gwenn lächelte und genoss still diesen Glücksmoment. Die alte Hündin hatte dafür gesorgt, dass es ihr so vorkam, als sei Andreas gerade ein wenig jünger geworden.

Connie

Greifswald, Dezember 2022

Sie hatte kaum ein Auge zugedrückt. Träume, eigentlich Traumfetzen plagten Connie. Und dann am frühen Morgen wiederkehrende Zwischenwelten – Traum oder Wirklichkeit? Seit Tagen. Seit sie von Sonjas Tod erfahren hatte.

Sonja, die große Unbekannte. Sonja, die nach allem Anschein beste und älteste Freundin von Andreas. Die Berlinerin, die für ihren Ex immer seine DDRlerin geblieben war, die er *seit Ewigkeiten* kannte. Connie hatte nie erfahren, seit wann genau, auch nicht, wo und wie sich Sonja und Andreas erstmals begegnet waren. Das Danach kannte sie aus tausend Bemerkungen, Stichworten, Anekdoten, Erzählungen. Auch aus Verschwiegenem.

Klar, die FDJ, Caputh, die Hochschule am Bogensee, dann Berlin, die Gewi-Akademie, das Institut und die Bibliothek in der Breitestraße. Immer wieder Usedom. Die Wende, die so nicht genannt wurde. Die turbulenten Monate unmittelbar vor dem Mauerfall und nach dem Fall der DDR. Das republikweite Sammeln von Verletzungen und Hoffnungen, der Fotoband mit Benno – *mit Benno!* – und die vielen Ideen und Projekte in den Jahren danach.

Und dann, wiederum über lange, rasende Jahre, die allmähliche Normalisierung. Es war wohl Sonja, die damals nach und nach einen größeren Abstand zwischen sich und Andreas, und wohl auch zur Vergangenheit gesucht und hergestellt hatte. Ihr Umzug nach Hamburg und die Jahre im Westen waren auch dafür ein deutliches Zeichen gewesen. Ein großer Schritt, den man nicht übersehen konnte. Andreas hatte es lange Zeit nicht wahrhaben wollen. So wie er Sonjas Krebskrankheit nie wahrhaben wollte. Weil *er selbst* keine Chance hatte, dem Tumor Paroli zu bieten, ihn gar zu besiegen. Und nun war Sonja tot. Der Krebs hatte gesiegt.

Connie hatte es in der vorigen Woche von Anna erfahren. Schon beim Aufwärmkaffee am ersten Nachmittag ihres Besuchs in Greifswald.

Connie hatte sich endlich aufgerafft. Wobei ihr – das wusste sie – der Entschluss leicht gemacht worden war. Es war klar, sowohl Alex als auch Gundula würden über Weihnachten und Neujahr nicht auf Lolland sein. Gundula zog es zu

Freundinnen in Rostock, Alex zu ihrem Sohn Tim in Leipzig. Connie tat so, als wäge sie ab, doch unter diesen Umständen stand ihre Entscheidung bereits fest. Sie würde endlich Anna besuchen, auch Philipp wiedersehen, aber vor allem endlich ihre Enkelin auf den Schoß nehmen und drücken können. Connie vergaß manchmal, dass Anna-Louisa kein Kleinkind mehr, sondern mittlerweile ein dreizehnjähriges widerspenstiges Mädchen war. Connie wollte beides nicht wahrhaben. Eine Verdrängungsleistung erster Güte, hätte Agnes, ihre ehemalige Therapeutin, jetzt wohl lapidar angemerkt.

Connie hatte sich noch bis zum letzten Tag vor ihrer Abreise gesagt: Es ist unvermeidlich. Ich will. Ich werde fast zwei Wochen im Kreis der Greifswalder verbringen, und die Zeit als Oma und als deutlich älter gewordene Mutter muss ich durchstehen. *Werde* ich durchstehen.

Sie war zusammen mit Alex und Gundula aufgebrochen. Die Überfahrt mit der Fähre nach Rostock war kurzweilig. Die drei Freudinnen stritten bei Sekt und Dillchips ein weiteres Mal über den mäßigen Erfolg der jüngsten Veranstaltungen – einer Lesung und einer Ausstellung von Keramiken. Für 2023 müsse das Programm früher und, Gundula wiederholte es mehrmals, *zielgruppengerechter* geplant werden. Connie und Alex hatten nicht widersprochen, sondern einfach geschwiegen. Gundula folgte zurzeit einem Podcast des Markenverbands. Einig waren sich die Drei, dass die Sammelaktion für ein Frauenhaus in der Westukraine ein Erfolg gewesen war.

In Rostock hatten sich die Wege getrennt. Gundula hatte die beiden Freundinnen verabschiedet, nicht ohne den Vorschlag zu wiederholen, doch endlich einmal zusammen ein paar Tage in Rostock, ihrer Heimatstadt, zu verbringen.

Alex hatte auf ihren IC nach Leipzig, Connie auf den Regionalexpress nach Stralsund gewartet, wo sie nochmals würde umsteigen müssen. Die Züge sollten fast gleichzeitig abfahren. Ihnen war kalt. Sie gingen auf und ab, schwatzten über Weihnachtsgeschenke und ihre *nun schon so großen Kinder*. Den Kaffee, den sie sich noch schnell zum Aufwärmen geholt hatten, ließen sie dann stehen. Eine ekelhafte Brühe.

In Greifswald hatte Anna am Bahnsteig gestanden und sich nicht dagegen gewehrt, ihrer unbändigen Freude und starken Neugier freien Lauf zu lassen. Ihr Rufen wurde zu einem Jauchzen. Connie fragte sich, ob ihre Tochter sie auch ohne das Winken mit dem Regenschirm sofort erkannt hätte.

Mutter und Tochter hatten sich umarmt. Erst eher gekünstelt, wie es jetzt viele Frauen taten. Die Köpfe wie Hühner nach vorne geschoben, ein halber Meter Abstand von Becken zu Becken. Doch das Küsschen-Küsschen war schnell zu einer festen Umarmung geworden, die auch beibehalten wurde, als die beiden Frauen, schon nebeneinander gehend, sich Richtung Bahnhofshalle bewegten. Anna ließ die Busfahrkarten stecken. Connie hatte darauf bestanden, eine Taxifahrt zu spendieren.

Anna musste ihrer verwunderten Mutter erklären, warum sie jetzt kaum etwas von der Stadt zu sehen bekamen, dafür beinahe die ganze Fahrt auf einer Landstraße unterwegs waren. Doch nach zwanzig Minuten waren sie am Ziel.

Connie hatte Anna zum Häuschen beglückwünscht, gleich nach Touristenlärm im Sommer gefragt, ihren Koffer ausgepackt und sich frisch gemacht. Sie hatte aus dem Gaubenfenster geschaut und die an beiden Ufern des Ryck liegenden kleinen Kutter und Segelboote gezählt.

Ihre Tochter hatte einen niedrigen Glastisch eingedeckt. Die zwei Sessel seien ganz neu, antwortete Anna auf Connies Frage. *Schenken Philipp und ich uns zu Weihnachten.* Auch den Tisch.

Sie könnten ruhig anfangen, Philipp werde in frühestens dreißig Minuten mit Anna-Louisa zuhause sein. Tee oder Kaffee? Der Apfelkuchen sei selbst gebacken, die Mandeltorte in der Stadt gekauft. *Mama, greif zu!* Wenige Minuten später hatte Connie ihre erste Tasse Kaffee getrunken und von Sonjas Tod erfahren.

Nun war Connie bereits fünf Tage in Greifswald. Sie hatte trotz des schmuddeligen Wetters mit ihrer Tochter und ihrer Enkelin einen Radausflug auf die direkt gegenüberliegende Seite des Bodden gemacht. Anna hatte ihr an einem anderen Tag die Klosterruine Eldena gezeigt. Mit Philipp durchkreuzte sie die weiten Grünanlagen in der Stadt. Das Klinikum und Anna-Louisas Schule wurden natürlich ebenfalls besichtigt, beide von außen. Noch vor Heiligabend stand ein Ausflug nach Stralsund auf dem von Anna vorbereiteten *To-do*-Zettel. Einer von ihr geplanten langen Tagesausflug nach Usedom hatte Connie schroff abgelehnt.

Connie konnte sich nicht dagegen wehren. Ihre Nächte gehörten Sonja, zumindest *die* Sekunden und Minuten, die dann am frühen Morgen *als ganze Nächte* erinnert werden. Vor Sonja hatte Connie am meisten und lange Zeit große Angst gehabt. Angst, weil Sonja in Connies Augen *die* Frau gewesen war, für die Andreas Connie und sogar Nora und Anna aufgegeben hätte. Sonja war der unbekannte Schatten an der Wand, der Connie um ihre Liebe und ihre Familie hatte fürchten lassen. Jahrelang, eigentlich immer, sogar bis zum Schluss, als urplötzlich Gwenn auf die Bühne getreten war. Die schöne Bretonin, immer schlicht und doch elegant gekleidet, deren kräftiges kastanienbraunes Haar Connie so sehr bewundert hatte. Aber das war zu einer Zeit, als das Stück, ihr gemeinsames Stück, bereits zu Ende gespielt und der Vorhang gefallen war.

Connie wurde es erst jetzt, mit fast siebzig Jahren und fünfzehn Jahre nach der gütlichen Trennung klar, wie sehr in Wahrheit der seltsam konturlose und nicht greifbare Schatten *Sonja* ihre zeitweiligen Befürchtungen und ihre dauernde Eifersucht geprägt hatten. Andreas hatte zahlreiche Beziehungen unterhalten, bevor er Connie kennengelernt hatte und während ihres Zusammenlebens. Beziehungen, Affären, One-Night-Stands, verunglückte und gefährliche Seitensprünge. Connie hatte sich nicht unbedingt daran gewöhnt, aber sie nicht ernster genommen, als sie waren. Sie war verletzt, traurig, wütend, aber sah das Miteinander, vor allem als die Töchter geboren waren, nicht gefährdet. Ernster war es ihr mit Blick auf Dora und Fanny. Dora, die Marburger Studienkollegin und enge Freundin. Fanny, die zunächst nur flüchtige Frankfurter Bekanntschaft, die als heiße Tussi galt. Heute wusste Connie, dass Andreas mit keiner der beiden glücklich geworden wäre. Und sie war überzeugt, dass er – auch nur als Objekt der Begierde in einer zeitweiligen Affäre – keiner der beiden hätte Stand halten können. So sehr er sich das auch zugetraut hätte.

Sonja. Connie hatte sie nie kennengelernt. Sie kannte Fotos aus zwei Jahrzehnten. Im blauen Hemd der FDJ, nackt am Strand in Ahlbeck, am Rednerpult einer Konferenz, vor Goethes Weimarer Gartenhaus, in einem Café am Alex. Eine Aufnahme aus den Alpen? Ein Schloss an der Loire. Eine andere Frisur, natürlich älter geworden. Strenger oder unbeteiligter dreinblickend? Eine hübsche junge Frau, dann eine schöne Vierzigjährige, die gerade Unerwartetes, Unvorstellbares durchlebt hatte.

Auch die tote Sonja war Andreas offenbar als Geheimnis so wichtig, dass er Connie nicht über deren Tod unterrichtet hatte. Anna war die Überbringerin der Botschaft gewesen, als sie von Andreas kurzem Besuch in Wieck erzählt hatte. Er sei unangemeldet hereingeschneit, im März, habe sich zunächst für nichts interessiert, weder für Anna noch für Anna-Louisa, weder für Annas oder Philipps Arbeit, noch für die Schule oder Hobbys der Kleinen, die bereits über zwölf Jahre alt war. Letzteres habe ihn *wirklich überrascht*, schob Anna hinterher, kopfschüttelnd, schnaubend, als könne sie es auch heute noch nicht fassen.

Er sei nur da, so seine damaligen Worte, wie Anna zweimal wiederholte, um *Guten Tag* zu sagen. Und dann ein paar Fragen. Ob Anna etwas von Nora gehört habe. Ob Philipp in seinem Krankenhaus einen leitenden Arzt namens Sascha Irgendwas kenne – den Ehemann der toten Sonja, ebenfalls ursprünglich aus Berlin gekommen. Er habe dann noch nuschelnd und kaum hörbar hinzugefügt: Sonja, *Anna, du weißt schon*, eine alte Bekannte, quasi Kollegin, ja Freundin.

Anna war ihre damalige Wut jetzt wieder anzusehen. Sie habe, sagte Anna für einen Moment etwas lauter werdend zu ihrer Mutter, auf diese floskelhafte, nichtssagende und alles verratende Charakterisierung nicht antworten können. Und weiter zu ihrer Mutter: Sie habe von *dieser* Sonja nie gewusst, sondern eine Frau gleichen Namens erst im vergangenen Jahr als schwerkranke Frau kennengelernt.

Mit diesem Eingeständnis hatte Anna ihren atemlosen Kurzbericht fürs Erste abgeschlossen.

Connie probierte nun auch den Mandelkuchen und schenkte sich eine zweite Tasse Kaffee ein. Anna erwähnte die Reitstunden der Tochter. Connie erzählte ein wenig von Lolland. Beide trauten Noras Glücksgeschichten nicht hundertprozentig. Mutter und Tochter hatten ihre Gedanken in Nebenrichtungen gelenkt.

Doch Anna kam unvermittelt nochmals auf den März-Besuch ihres Vaters zurück. Er sei sehr aufgeregt gewesen, ziemlich fahrig, mit den Gedanken immer irgendwo, nicht am Tisch seiner Tochter. Er habe geredet, unterhalten habe man sich eigentlich nicht. Nach zwei Stunden – zwischendurch hätten sie noch einen Rest Gemüseeintopf gegessen – sei ihr Vater wieder verschwunden. Nahezu grußlos.

Um so überraschender sei es gewesen, dass Andreas sich in der darauffolgenden Woche nochmals telefonisch gemeldet habe und dann sogar einige Tage bei ihnen in Greifswald geblieben sei. Naja, nicht direkt bei ihnen. Übernachtet habe er in einem nahen Hotel. Er wolle uns nicht zur Last fallen. *Noch so eine Floskel.* Nur wenige Hundert Meter von hier, auf der Landspitze am Hafeneingang. *Stell' dir das vor, Mama.*

Doch Annas wütendes Klagen war dann von jetzt auf gleich wie weggewischt. Ihr Gesicht hatte sich aufgehellt. Als wolle sie es Andreas nachtun. Ihr Vater sei wie verwandelt gewesen. Er habe ein wenig von Gwenn und Landrellec, viel vom *Dicken Daumen* und noch viel mehr von der alten Hündin Luca erzählt. Und er habe sich für sie interessiert. Er habe mit ihr zusammen eine Lammkeule mit viel Wurzelgemüse (auf dem Backblech!) zubereitet. Anna-Louisa und deren Freundin Sophia hätten mit ihm einen ganzen Tag auf dem Kutter verbracht, bis Rügen seien sie gefahren. Ja, mit Philipp habe er sich über die Pandemie und die Anti-Corona-Politik unterhalten, und über die Gründe für den Einmarsch der Russen in die Ukraine hätten sie gestritten.

Am Abend bat Connie Philipp, ihr für den nächsten Tag ein Carsharing-Auto zu besorgen. Sie wolle zum Ruheforst nach Abtshagen fahren, um die anonyme Grabstätte der ihr unbekannten Toten zu besuchen. Und wenn sie schon unterwegs sei, würde sie den Ausflug vielleicht mit einem vorgezogenen Besuch Stralsunds verbinden. Anna bot ihrer Mutter nicht an, sie zu begleiten. Überhaupt zögerte sie mit einer direkten Reaktion. Aber dann riet sie Connie doch, am nächsten Vormittag den Verkehrsknotenpunkt *Platz der Freiheit* und die umliegenden Straßen zu meiden. Der innerstädtische Berufsverkehr sei unerträglich geworden. Sie empfahl den Umweg über den südlichen Zubringer zur Bundesstraße 109.

Connie kehrte tags darauf erst spät am Abend zurück. Beim Frühstück sagte sie am nächsten Morgen nichts über den Ruheforst, schwärmte aber von Stralsund, das ja genau so schön sei wie Greifswald. Sie beglückwünschte Anna zu ihrer neuen Heimat, die sie sich viel trister vorgestellt habe. Ihre Tochter freute sich und unterdrückte ein Schmunzeln.

Dann sprachen Mutter und Tochter über das bevorstehende Weihnachtsfest und den Essensplan für die drei Tage. Connie wollte die kleine Familie vor ihrer Heimfahrt noch *unbedingt* in das beste Fischrestaurant der Stadt einladen. Ihre Tochter schlug die nahe *Fischer-Hütte* vor.

Als Anna den Frühstückstisch abräumte, griff Connie zur *Ostseezeitung* und blätterte eher uninteressiert durch die Seiten. Auf einer Seite voller Fotos blieb sie hängen. Die gestrige Klebeaktion der *Letzten Generation*, die Kreuzungsblockade und die Staus und Rangeleien in der Wolgaster und der Anklamer Straße nahmen auch auf anderen Seiten viel Platz ein. Die Lange Reihe war als Aufmarschgelände der Bereitschaftspolizei vollkommen dicht gemacht worden.

Connie hatte eine Vorahnung und dann auf zwei Fotos sofort ihre Tochter ausfindig gemacht. Ein Streit sollte daraus nicht werden. Schon gar nicht wegen des Anliegens der Aktion, das Connie teilte. Connie musste unwillkürlich an Fréhel denken, an ihre stete Angst um die beiden kleinen Töchter. Die Strandtage waren lange Zeit für Connie nur Tage der Besorgnis, des Aufpassens, der Maßregelung und der Enttäuschung gewesen. Tage, auf die Nächte folgten, in denen Connie im Widerstreit mit sich selbst keinen Schlaf gefunden hatte.

Angesichts der sich gegenwärtig häufenden Proteste dachte Connie aber auch, und zwar eher belustigt, an die damals alltäglichen Straßenblockaden der bretonischen Bauern. Reifen hatten gebrannt, unzählige Ladungen Obst und Gemüse oder auch Kuhmist landeten auf Kreuzungen, vor Supermärkten und Rathäusern. Dazugekommen waren die Keilereien zwischen streikenden Werftarbeitern oder Fabrikbesetzern und *CRS*-Polizisten, die ebenfalls zum allsommerlichen Politikspektakel gehört und vor allem Andreas und Benno begeistert hatten.

Connie seufzte und wedelte mit ihrer Hand, als müsse sie Unsichtbares verscheuchen. Sie deutete auf die aufgeschlagene Zeitung und bat Anna nur inständig, vorsichtig zu sein, immer auf sich aufzupassen. Auch wegen Anna-Louisa. Connie griff nach Annas Hand und sagte, sie sei stolz auf ihre Kleine.

Sowohl Anna als auch Connie hatten dann an Weihnachten auch mit Nora und Andreas telefoniert. Gemeinsam mit *der Großen*, mit Andreas getrennt, sogar an zwei verschiedenen Tagen. Andreas sollte nichts von Connies Besuch in Greifswald und überhaupt nichts von der Stunde an Sonjas Ruhestätte erfahren.

Dora

MARBURG, JULI 2022

Sie hatte sich auf die Suche gemacht, war ins Südviertel aufgebrochen und hatte Straße für Straße abgelaufen. Sie war sich bald sicher, dass die Praxis im Karree Liebigstraße, Haspelstraße, Wilhelmstraße und Gutenbergstraße gelegen haben musste. Wahrscheinlich war es die Liebigstraße gewesen. Oder doch die parallel verlaufende Wilhelmstraße? Das alte Gefängnis konnte ihr nicht mehr als Anhaltspunkt dienen, der Backsteinbau war bereits vor vielen Jahren abgeräumt worden, selbst das Areal und seine nahe Umgebung schienen verschwunden. Dora versuchte dann, den großen Hinterhofladen wiederzufinden, in dem gern georgischer Tee in roten Dosen gekauft und Kaviar geklaut worden war. Auch diese Suche war vergebens.

Sie erinnerte sich. Die Praxis der Orthopäden hatte im Hochparterre gelegen, die zwei Räume der dazugehörenden Physio im Souterrain. Dort hatte sie Benno kennengelernt und sich sofort in den schüchternen Studenten und dessen Rehaugen verknallt. Doras sympathische Stimme und ihr prächtiger Hintern, das hatte Benno Monate später gestanden, hätten ihn, den am Knie verletzten Fußballer, angezogen.

Über Benno hatte Dora dann recht bald Andreas kennengelernt, der alles in der Schwebe lassen wollte – das Private, nicht das Politische. Und kurz darauf war ihr dessen Freundin Connie vorgestellt worden. Connie, die Tochter aus gutem Haus, die in der kleinen Clique um Benno und Andreas sowie mit deren Ritualen nie so richtig heimisch geworden war.

Wie Dora selbst, die es als noch nicht einmal Zwanzigjährige aus einem Dorf in der Rhön in die Universitätsstadt an der Lahn verschlagen hatte. Eher zufällig. Entlohnt mit einer irrwitzigen Affäre, die ihr die Ausbildung zur Physiotherapeutin ermöglicht und Jahre später das Medizinstudium leichter gemacht hatte.

Sie hatte Erich – Dr. Erich Schabbner – irgendwie gemocht, ihm manches nachgesehen, trotz allem. Verheiratet, unentschlossen, schäbig gegenüber seiner Ehefrau, kein wirklich guter Liebhaber. Das war Erich gewesen. Er hatte seine Versprechen gehalten: die Lehrstelle und die Extrapunkte für die Studienplatzbewerbung.

Die Marburger Jahre, *die goldenen*, müsste man rückblickend sagen. Sie hatte Benno geliebt, wie man mit Zwanzigirgendwas eben liebt, sich verliebt, träumt, genießt, hofft, zweifelt und immer wieder verliebt. Sie hatte sich keine Illusionen gemacht, banale Seitensprünge akzeptiert und probiert und schließlich aufgegeben.

Goldene Zeiten. Damals wären Benno und Andreas austauschbar gewesen, was Connie nie wirklich verstanden hatte. Dora dachte auch an den Holländerinnen-Sommer 1977 und an den Nachmittag im Juli 1992, als sie und Connie nackt und verliebt und doch zögernd auf der versteckten Felsplatte am Cap gelegen hatten.

Ein Fluchtversuch, mit dem Dora dem Schicksal ein Schnippchen schlagen wollte. Denn zwei Jahre zuvor hatte Dora, schon Mitte Dreißig und erstmals müde, ihre erste und alles versprechende Liebe gefunden und schnell verloren. Gero, der Göttinger Apotheker, wäre ihre Rettung gewesen, doch er starb, welche Ungerechtigkeit, bei einem Autounfall. Ihre eigenen, nur ihr gehörenden goldenen Jahre waren an der gerade von der Landkarte verschwundenen Zonengrenze von einem betrunkenen Raser abrupt beendet worden.

Seitdem kannte ihre Abwärtsfahrt kein Halten mehr, das wusste Dora. Warum sollte sie es leugnen.

Franky hatte ihr nochmals gutgetan, ihrem Körper und ihrer Seele. Doch ihre Lust und ihre Empathie, die Arbeit in der Klinik und das Vergnügen mit Freunden, die nicht zu stillende Sehnsucht nach dem Besonderen und der Traum von gewöhnlicher Sicherheit passten nicht mehr zusammen. Dora konnte ihre von allen gerühmte Ausgeglichenheit und Lockerheit nicht mehr zurückgewinnen. Alles war aus der Balance geraten.

Nun saß sie hier, bei einem Cappuccino und einem Stück Erdbeerkuchen, mit Blick auf die Stadt, ihren Flachmann in der neuen, schweineteuren Umhängetasche, die morgendliche Tablettenration im Magen, die Sonnenbrille im Haar, das Zittern der rechten Hand mäßig zähmend.

Marburg feierte sein 800-Jahre-Jubiläum. Die kleinen Gassen und unzähligen Fachwerkhäuser standen immer noch. Dora hatte ein Chorkonzert zum Vorwand genommen, sich in die alte Heimat aufzumachen. Doch eigentlich verband sie nichts mehr mit der Stadt. Aber dieses Nichts ließ sie nicht los. Dass Bennos frühe Fotoserie über den Wandel der dörflichen Marburger Vororte, die vor fast fünfzig Jahren entstanden und sogar prämiert worden war, im Jubiläumsjahr als Teil einer größeren Ausstellung durch diese heutigen Stadtteile wanderte, sollte Dora erst Wochen später aus einem *Hessenschau*-Bericht erfahren.

Dora hustete. Sie hatte heute früh 38,4° Fieber gehabt. Zwischen ihren Brüsten bildeten sich Schweißtropfen. Sie fröstelte. Sie nahm einen kleinen Schluck Brandy. Ihr ging es gleich besser.

Zuhause in Mainz hatte sie Connies Ansichtskarte aus Dänemark mit einem Magneten am Kühlschrank befestigt. Andreas Geburtstag hatte sie wieder vergessen, sie hatte ihn *unbedingt* anrufen wollen. Zwei Porträtfotografien von Gero und Franky, die bereits ihre Farben verloren, hatte sie in ihrer Leseecke aufgehängt. Bennos faszinierendes Wolkenpanorama, eine Schwarzweiß-Aufnahme, hatte dafür weichen müssen.

Und wieder drängte sich die Erinnerung an Connie und ihre Zweisamkeit dazwischen. Die Felsenplatte, das duftende Schamhaar, ihre mittlerweile ineinandergeflossenen tausend Sommersprossen, die scheuen Berührungen und das staunende Schweigen. Die Freundinnen hatten in jenem heißen Sommer die Weggabelung ignoriert.

Dora schob die Kaffeetasse und den Kuchenteller in die Mitte des Tischs. Sie nahm noch einen Schluck aus dem Flachmann. Sie würde hoffentlich in irgendeinem der Touristenläden eine alte, traditionelle Ansichtskarte finden. Schloss, Elisabethkirche, Alte Universität und Marktplatz mit Rathaus. Diese schreckliche Art von Ansichtskarte – vier winzige Fotos, in der Mitte auf einem geschwungenen Band *Ein Gruß aus dem schönen Marburg an der Lahn* –, die bereits vor vierzig Jahren altbacken gewesen war.

Ja, das war *ihr* Marburg gewesen. Das Marburg von ihr und Connie und Benno und Andreas. Ihre Oberstadt, ihr Klinikviertel, ihre Lahnwiesen, ihr *Henniger* und ihr *Club Voltaire* und ihr *Schwarzer Walfisch*, ihr Weidenhausen, ihr Rudolfsplatz, ihr Südviertel. Ihr Marburg, das in den vergangenen vierzig Jahren von anderen in Beschlag genommen und umgekrempelt worden war.

Sollte sie jetzt aufstehen und x-beliebige Leute, einen der vielen Studenten oder eine der vielen Touristinnen, die die Gassen bevölkerten, ansprechen und von *ihrem* Marburg erzählen? Dass es diese schmucken Fachwerkhäuser und engen Gassen und bunten Fahnen bereits vor vierzig Jahren gegeben hat. Und noch viel mehr. Das Stadtbad, die Jägerkaserne, den alten Afföller, den Schlachthof immerhin als Parkplatz. *Verdammt!* Dass sie sich bloß nicht einbilden sollten, Marburg sei jetzt extra für sie so hergerichtet worden.

Dora ahnte die böse Reaktion, ohne sie zu fürchten. Man würde sie ignorieren, ihr aus dem Weg gehen, unter sich schauen, ihr vielleicht mit Blicken folgen. Und denken: *Die arme bekloppte Alte. Betrunken? Auf jeden Fall irre.*

Dora nahm noch einen Schluck. Sie winkte der jungen Serviererin und zahlte.

Connies Adresse musste sich zuhause finden lassen.

Andreas

LANDRELLEC, 29. DEZEMBER 2022

Dass Connie unter ihrer Festnetznummer auf Lolland nicht erreichbar gewesen war, und zwar mehrmals, hatte Andreas beunruhigt. Dass sie ihn dann von ihrem Handy angerufen hatte – *Ich bin unterwegs* –, hatte ihn überrascht. Connie rief nie an, sie ließ sich anrufen.

Sie hatte von kleinen Zwistigkeiten erzählt, dabei mehrmals eine gewisse Gundula erwähnt, ihre neue Frisur beschrieben und von der Ruhe vor dem Silvester-Ansturm der Touristen geschwärmt. Von sich selbst hatte seine Ehemalige sonst nichts erzählt. Woher sie manche Details seines Besuchs bei Anna hatte, konnte Andreas nicht in Erfahrung bringen. Entsprechende Fragen hatte Connie übergangen, als habe sie diese nicht gehört. Wahrscheinlich hatte sie mit Anna oder Philipp telefoniert.

Der Krieg in der Ukraine, die Klima-Kleber-RAF (er musste lauthals lachen), das Drama im Iran, die Ampelregierung – darüber hatten er und seine

Ehemalige nur stichwortartig gesprochen. Als würden sie sich schmutzige Bälle zuwerfen.

Aufgehorcht hatte er dann doch noch. Connie erzählte, sie habe im Sommer eine Ansichtskarte von Dora erhalten. Connie hatte ihn raten lassen. Woher? Mehr als die Bretagne – *naja, von mir aus auch Havanna oder Dubai* – war ihm nicht eingefallen. Marburg hatte ihn dann doch überrascht. Nach so vielen Jahren. Er selbst war seit über dreißig Jahren nicht mehr in der Stadt seiner Studienzeit gewesen. Er wollte dann mehr erfahren, doch die Verbindung war schlechter geworden. Ein Rauschen und Krächzen, kurze Unterbrechungen, hektische Nachfragen am einen und am anderen Ende. *Tschüss, ich bin offenbar in ein Funkloch geraten.* Das waren Connies letzte Worte gewesen.

Andreas zog seine Wollmütze über die Ohren. Es war kalt, für die Bretagne ungewöhnlich kalt. Zum Jahreswechsel waren sogar Temperaturen um den Gefrierpunkt angekündigt. *Meteo France* warnte vor Blitzeis, die Wetterampel stand für den Westen bereits auf Orange. Zum Glück hatte der Wind nachgelassen. Luca stöberte wie üblich zwischen den mächtigen Granitfelsen, die das Glitzern in ihrer auffälligen Sommerfärbung seit den ersten trüben Novembertagen verloren hatten. Unter Andreas festen Schuhen knirschten die im Sand festgebackenen Muscheln. Weit und breit war kein Mensch zu sehen. Er hatte den Strand für sich und Luca allein. Schön. Jetzt ließ sich sogar die Sonne blicken. Er überlegte, heute vielleicht bis *Treiz Lern* zu laufen, hin und zurück wären das fast drei Kilometer. Luca scheuchte eine Schar Möwen auf und folgte seinem Herrchen. Auch der Hund schien nichts gegen einen etwas längeren Spaziergang einzuwenden zu haben. Die beiden Alten konnten sich Zeit lassen.

Das kurze Gespräch mit Anna war nicht gestört worden. Am zweiten Feiertag schienen weniger Leute zu telefonieren, so erklärte es sich Andreas. Die längste Zeit war Anna-Louisa am Telefon gewesen, die sich nochmals für die Bootsfahrt im März und für die Reithose zu Weihnachten bedankte. Außerdem hatte sie von Freundinnen und Feindinnen in ihrer Schulklasse erzählt. Gespickt mit seltsamen Vokabeln, die Andreas noch bis zum März fremd gewesen waren.

Andreas hatte sich gewundert. Anna hatte am Telefon Milla noch nicht einmal erwähnt. Im März war sie ihm als *allerbeste und superliebe Freundin* vorgestellt worden. Die Range-Rover-Fahrerin war auch ihm gleich sympathisch gewesen. Einen ganzen Nachmittag hatten er und seine Tochter bei der Freundin und Nachbarin, die seit einigen Monaten nur zwei Straßen weiter wohnte, zusammengesessen. Vergnügliche Stunden, die ihm am Ende ein Rätsel aufgegeben hatten. Und jetzt war die Freundin keiner Erwähnung wert?

Das Rätsel hatte er bis heute nicht lösen können. Das war schlecht. Auf der anderen Seite hatte sich seine anfängliche, eigentlich von vorneherein unsinnige Befürchtung nicht bestätigt. Das war gut.

Seine Tochter hatte Benno unmöglich erkennen können. Schließlich war sie damals drei oder vier Jahre alt gewesen. Und obwohl sie immer mal wieder von Kindheitsstreichen, vom Strand und ihrer verängstigten Mutter oder zum Beispiel von der Hopserei und den Süßigkeiten auf dem *Fest Noz* erzählte, ein Abend der gerade noch glimpflich geendet hatte, war Andreas überzeugt, dass Anna immer nur wenige eigene Erinnerungssplitter und aufgeschnapptes Fremdes miteinander verknüpfte.

Sie hatten zu dritt einen Spaziergang nach Ladebow gemacht, wo sich Annas Arbeitsplatz in einem ehemaligen Kesselhaus befand. Unterwegs konnte Andreas noch einen Blick auf den Reiterhof werfen, den seine Enkelin und deren Freundin Sophia einmal die Woche besuchten. Zum Abschluss hatte Milla für den nächsten Tag zum Nachmittagskaffee eingeladen.

Milla hatte einen ungeordneten Stapel Fotos auf dem Couchtisch ausgebreitet, und von ihrer Kindheit und Jugend erzählt. Anna hatte sich anscheinend schon längere Zeit sehr dafür interessiert. Sie selbst hatte wieder von den Sommerurlauben am Cap Fréhel geschwärmt, was ihren Vater an diesem Nachmittag merklich rührte. Und sie hatte von verbotenen Hinterhöfen und Abbruchhäusern im Bockenheimer Süden berichtet, was Andreas aufhorchen ließ.

Die meisten Fotos, Zeugnisse und Urkunden, die Milla dann auf den Tisch gelegt und in die Runde gegeben hatte, stammten aus den Achtzigerjahren. Milla war bereits Ende der Siebziger geboren und damit zehn Jahre älter als Anna, ja sogar fünf Jahre älter als Nora, die Große.

In ihrer Kindheit, da waren sich Anna und Milla einig, hätte ein Jahrzehnt Altersunterschied es unmöglich gemacht, dass sich die beiden Mädchen angefreundet hätten. Jetzt fiel das Geburtsjahr nicht ins Gewicht, nicht nur weil ihre Töchter fast gleichaltrig und ebenfalls befreundet waren. Anna und Milla hatten jetzt als erwachsene Frauen auch ähnliche Interessen und sich vom ersten Moment an, noch in Ueckermünde, gut verstanden. Zudem verband die beiden – ihren Standardscherz brachten sie auch am Tisch mit Andreas an – der Geburtsort Frankfurt. Der eine lag am Main, der andere an der Oder.

Andreas, der dem mädchenhaften Kichern und den ernsten Wortwechseln der beiden Freundinnen unaufmerksam gefolgt war, hatte es dann kalt erwischt. Er hatte sich besonders für die Sportmedaillen interessiert und, um die Unterhaltung *etwas persönlicher* zu gestalten, nach Millas Lieblingsmusik gefragt. *Damals.* Schließlich kannte er sich aus. Puhdys oder Karat? Sie sei zehn Jahre alt gewesen, als die Mauer fiel, hatte Milla geantwortet und ihm fast sein ehrliches Interesse genommen. *Und später,* als junge Frau? Immer Tamara Danz und Silly!, kurze Zeit habe sie auch Feeling B gemocht, auch Clash. *Von euch* dann Beatsteaks. Andreas kannte die drei letztgenannten Bands nicht und kehrte schweigend zurück zur ausführlichen Belobigung, die Milla an der 9. POS Heinrich von Kleist erhalten hatte.

Und dann mittendrin Benno. Auf einer der Fotografien war sein alter Freund zu sehen. Im

Hintergrund, doch gut zu erkennen von denen, die ihn kannten. Milla war ebenfalls auf einem dieser Fotos. Sie stand im Mittelpunkt: Ein Pionierkind, an der Hand eines ernst in die Kamera schauenden Mannes und neben einer der Schülerin zulächelnden Frau.

Die von Annas Freundin dazu ungefragt und in sachlichem Ton erzählte kurze Geschichte: Das Mädchen mit dem blauen Halstuch – Milla, eigentlich Ludmilla – war die uneheliche Tochter eines hohen Rote-Armee-Offiziers, die, das hatte die Waffenbrüderschaft verlangt, offiziell einem unauffälligen und treuen Genossen Hauptmann der Kriminalpolizei in Frankfurt (Oder) zugeschrieben worden war. Milla hatte es nach der Wende erfahren und mit einem deutsch-russischen Stempelpaar bestätigt bekommen.

Warum Benno auf diesem Foto zu sehen war und was sein Freund mit diesem Deal zwischen Volkspolizei und Roter Armee zu schaffen hatte, hatte sich von Andreas in Greifswald nicht ergründen lassen. Wie auch, wo auch?

Mit ziemlicher Sicherheit nicht mit Millas Hilfe. Andreas hatte vorgefühlt, mit dem Ergebnis, dass sie Namen und Besonderheiten einiger Nachbarsjungen und Freundinnen, die auf diesem und anderen Fotos zu sehen waren, erinnerte. Bei den Erwachsenen war dies nur in Ausnahmen der Fall. Ausnahme Nummer eins: natürlich ihre Eltern. Die Ausnahmen zwei und drei: Zu ihrer Lieblingslehrerin und einer Tante waren ihr schnell viele Einzelheiten eingefallen. Den Lockenkopf erwähnte sie nicht.

Andreas hatte dann in den Wochen nach dem Besuch in Greifswald wahllos in eigenen Erinnerungen gewühlt. Er hatte eine Liste mit damaligen Freunden und Bekannten angefertigt, dann eine Chronologie der betreffenden Jahre 1985 bis 1992 versucht, die sehr lückenhaft ausfiel. Er googelte, stöberte in eigenen Fotoalben, dachte für einen kurzen Moment daran, bei Connie nachzufragen und über seine Ehemalige vielleicht auch Dora ausfindig zu machen. Er verwarf die Idee. Warum sollten die beiden mehr über Benno wissen als er. Sie hatten nie mehr gewusst, konnten nicht mehr wissen, gerade in dieser speziellen Frage, die sich mit jedem weiteren Tag in den Augen von Andreas als heikle, sehr heikle Frage entpuppte.

Sein bester Freund war auf einem Foto aufgetaucht, geschossen bereits vor dem Jugoslawien-Desaster und vor dem verstörenden letzten Treffen in Fréhel. Ein Foto, das eine *halbwegs heile DDR-Welt* suggerierte oder doch nachhallen ließ. Eine Welt, die Andreas damals mit Klauen und allen

Sinnen verteidigt hatte, während Benno sich davor schon längst entfernt hatte. Auch gegenüber Andreas, der sich jetzt fragte: Nur vermeintlich? Nur *als ob*? Wie passte das alles zusammen?

Andreas war ratlos. Eine Hilfe hätte vielleicht Sonja sein können. Sonjas alte Kontakte und die Reste früherer Informationskanäle wären von Nutzen gewesen, wenn auch kein Erfolgsgarant. Doch Sonja war nicht mehr, Sonja war tot, er hatte Sonja verloren. Zu einer Zeit, in der er unverhofft einen verlorenen Freund wiedergefunden hatte. Nach dreißig Jahren. Aus dem Nichts war ein ihm Unbekannter aufgetaucht.

Und dieses Nichts existierte ebenfalls nicht mehr, nur noch auf verbleichenden Fotos, in verschwommenen und unglaubhafter werdenden Erinnerungen. Vermodernd zusammen mit Geheimnissen und Lügen und Selbstbetrug. Zurück blieben Menschen, die sich nur in diesem Moder erkannten. Und die fest daran glaubten, dass sie nur dort ihr Selbst vor dem Anderen retten können.

Die Hündin trottete jetzt nur noch hinterher. Sie reagierte immer seltener auf Zurufe. Mit Haferkeksen und getrockneten Fischstückchen ließ sie sich jedoch noch locken. Ein Ritual. Als Dank für die Knabbereien brachte Luca heute ein zerfranstes

Stück Tau. Andreas lobte die Hündin und gab ihr noch einen Keks.

Luca ging nun vorneweg. Die Aussicht auf den Fressnapf wirkte auf die alte Hündin immer noch wie ein kräftiger, wenn auch kurzer Energieschub. Andreas atmete dagegen schwer. Das letzte Stück seiner Spaziergänge, der sandige Pfad durch die Düne hoch zum Haus strengte ihn von Woche zu Woche mehr an. Er würde unbedingt seinen Arzt konsultieren müssen. Gwenn drängte ihn.

Luca stand bereits schwänzelnd vor der Tür. Andreas legte das Tauende auf die Fensterbank, klopfte den Sand von den Stiefeln und schloss auf. Sein Smartphone, das er wieder einmal auf dem Küchentisch vergessen hatte, blinkte und vibrierte.

Gwenn hatte eine Nachricht hinterlassen.

Sie müsse eine weitere Nacht in Paris bleiben. Umso mehr freue sie sich auf die anschließenden freien Tage zuhause. Und er solle für den Neujahrsabend noch einen Tisch im *Manoir de Lan Kerellec* reservieren lassen, unbedingt. *Bisous!*

Epilog

Auch wer am Ziel zu sein scheint, hat noch ein Stück Weg vor sich.

Andreas joggt jeden Morgen sechs Kilometer, arbeitet an seiner Familiengeschichte und schafft sich einen zweiten, jungen Hund an. Connie genießt ihr Leben auf Lolland, fährt zweimal im Jahr nach Greifswald und besucht Nora zu deren vierzigstem Geburtstag in Chicago. Dora wird in Montegrotto Terme heimisch, verliebt sich ein drittes Mal und stiftet ihr Vermögen einer Suchtklinik. Benno macht sich auf die fiebrige Suche nach Lena. Gwenn misst den Abstand zum nächsten Horizont. Fanny fläzt sich durch ihr beschauliches Leben auf Jersey.

Anna kandidiert für eine örtliche Klimaliste als Stadtverordnete und wird zum zweiten Mal Mutter. Nora zieht zurück in die Stadt und gewinnt als Videokünstlerin zwei begehrte Auszeichnungen. Maxi lebt jetzt fest an der Ostküste. Alex vermisst Bockenheim. Philipp begräbt seine Mutter.

Weitere Bücher von Albert Engelhardt

Splitter bis zum Horizont und Kaugummi an den Schuhen

Autobiografisches 1951-1971
2022
ISBN 9783755759355

Erinnerungen, die nach Verdrängtem und Vergessenem fragen. Erinnerungssplitter, die selbst befragt werden. Über Herkunft und sozialen Aufstieg, Verletzungen und Glück.

Das blaue Boot

Erzählungen. 2021
ISBN 9783752659887

Zehn Geschichten über das Schweigen, über Lebenslügen, Erinnerungen und Glück. Begegnungen am Ende des Lebens und in den Wirrnissen mittendrin.

Gollie – eine Kindheit in Goddelau (Ried) 1955-1965

Autobiografisches. 2020
ISBN 9783752629088

Ein mit Fotos reich illustrierter Streifzug durch die Kindheit und Pubertät. Die erinnernde Rückkehr in ein südhessisches Dorf, das es so nicht mehr gibt.

Die Villa am Rhein

Drei Erzählungen. 2020
ISBN 9783751969949

Drei Paare sind in den Rheingau eingeladen. Illegaler Kunsthandel, die turbulente Zeit der Wende und ein düsteres Geheimnis.

Blicke und Begegnungen

Erzählungen. 2020
ISBN 9783750430945

Eine kurze Zugfahrt, ein ganzes Leben, eine geheimnisvolle Bretonin und ihr junger Liebhaber, Alenka und fünf dankbare Männer, eine Bibliothekarin und ein Kirmesboxer.

Das andere Land
oder
Siesta am Kanakenbunker

Roman. 2019
ISBN 9783741275760

Frankfurt-Bockenheim zwischen 1990 und 2015. Ein Straßenfest und ein feuchtfröhlicher Kneipenabend. Eine junge Polin verliert ihr Leben, drei Männer werden verhört. Fünfundzwanzig Jahre später ist der Tod immer noch nicht aufgeklärt. Die Vergangenheit holt die drei Männer ein.

Wolkenschieber
oder
Drei Sommer am Cap

Roman. 2018
ISBN 9783752828283

1977. Zwei Marburger Studenten und ihre Freundinnen verbringen in der Bretagne ihre Sommerferien. Die Freundschaft zeigt Risse.
1992. Illusionen sind zerstoben. Zweifel gewinnen die Oberhand. Die sonnigen Wochen am Cap Fréhel können Enttäuschungen nicht überdecken.
2007. Ein geselliger und vielstimmiger Abend beschließt den gemeinsamen Bretagne-Urlaub. Alte Freunde, neue Liebschaften, Wehmut, Neugier.